Johannes V. Jensen
Himmerlandsvolk

Johannes V. Jensen

HIMMERLANDSVOLK

Aus dem Dänischen von Ulrich Sonnenberg

Mit einem Nachwort von
Carsten Jensen

GUGGOLZ

OKTOBERNACHT

Vor vielen Jahren saßen drei Gäste in der Schankstube eines Wirtshauses an der Landstraße nach Aalborg in Himmerland. Es war zehn Uhr abends. Die Schankstube war ungemütlich, die Tür ins Dunkle stand offen. Die drei Männer veranstalteten einen gewaltigen Lärm, sie prahlten mit lauten, von Wind und Wetter rau gewordenen Stimmen und ließen die Deckel ihrer Bierkrüge klappern. Es handelte sich um kräftige, bärtige Burschen, die hohe Schaftstiefel, Stoßdegen und Dolche trugen. Soldaten ließen sich damals anwerben, Landsknechte nannte man sie.

Diese drei zogen nach Aalborg zu ihrem Hauptmann, von dem sie ihr Handgeld bekommen hatten. Ein weiter Weg lag bereits hinter ihnen, und sie wollten noch die ganze Nacht weitermarschieren, daher rasteten sie in dem Wirtshaus und tranken Bier. Vermutlich Braunschweiger Mumme. Zwei waren alte Gesellen mit grau gesprenkelten Bärten, der Dritte indes war ein junger Lockenkopf, der noch keinen Bauch angesetzt hatte. Seine Stimme klang heller als die der anderen, und er lachte auch mehr. Seinen Flüchen war ebenfalls anzuhören, dass er ein junges Blut war, er fluchte ausgiebig und reichlich und beließ es nicht wie die anderen bei einer einzigen, sich ständig wiederholenden Gotteslästerung.

Es waren unanständige Dinge, über die sich die Landsknechte so lautstark unterhielten, deshalb ihr Eifer und daher die lebhaften und blumigen Flüche des jungen Landsknechts.

Denn dass das Gespräch unanständig war, mit anderen Worten, dass es um Frauen ging, war damals nicht anders als heute.

Der junge Landsknecht brüstete sich mit genossenen Gunstbeweisen, wand um einige verblasste Erinnerungen frische Kränze aus lobenden Worten, flocht Seidenbänder der Wehmut hinein und begleitete alles mit provozierendem Zungenschnalzen. Die beiden Alten saßen auf der Tischkante und bekundeten ihre Skepsis durch höhnisches Gelächter.

Als sie am lautesten johlten, kam der Wirt herein und bat sie ergebenst, ihre Stimmen zu dämpfen. Mit Verlaub – aber er habe ein Kind, ein krankes Kind, das den Lärm nicht ertrage.

Es bat in aller Sanftmut, um die Gäste nicht zu erzürnen.

»Was fehlt seinem Kind denn?«, erkundigte sich einer der Landsknechte leiser.

Der Gastwirt erklärte – und berief sich dabei auf die Heilige Schrift –, dass es sich wohl um die Fallsucht handele.

»Ach herrjeh!«, sagte der junge Landsknecht. Er schnipste mit den Fingern und drehte sich sofort wieder um.

Von nun an unterhielten sie sich leiser. Gegen elf brachen sie auf und zahlten ihre Zeche, um weiterzumarschieren. Als sie vor die Tür traten, hatte es aufgehört zu regnen, und der Mond schien auf die nasse, aufgeweichte Straße.

Der junge Landsknecht ging ein paar Schritte hinter den anderen, und als er an einem der Fenster des flachen Hauses vorbeikam, sah er Licht im Zimmer. Eine Tür wurde geöffnet, und der Wirt trat mit einer Kerze in der Hand ein. Das Zimmer war klein, jemand lag dort im Bett, er sah ein längliches, blasses Gesicht mit dunklen Haaren um zwei dunkle Augen – ein kümmerliches, kleines Mädchengesicht. Dann war er am Fenster vorbeigegangen.

Das war wohl die Kranke, dachte er und lief den beiden anderen hinterher.

Der Wirt war Witwer und hatte nur diese eine Tochter. Sie hieß Lisbeth und war seit dem Frühjahr krank und schwach. Sonderlich gesund war sie nie gewesen, doch nun war sie sechzehn Jahre alt und würde wohl auch kaum älter werden.

Nachdem der Vater nach ihr gesehen hatte, verschloss er die Türen, legte die Riegel vor und ging zu Bett.

Um das abseits der einsamen Landstraße gelegene Haus war kein Laut mehr zu vernehmen.

Lisbeth hörte jetzt nur noch den Wind. Er hatte irgendeinen Spalt am Haus gefunden, um darin ausgiebig zu singen und zu pfeifen. Lange stieg er nach und nach zu einer dünnen, singenden Klage an, fiel dann ab, wimmerte ein wenig allein vor sich hin, erhob sich wieder und erreichte mit einem ungeduldigen Ruck den Höhepunkt seines einsamen Jammers, bis er erneut trostlos in sich zusammenfiel. Der Wind fuhr durch das Stroh, das aus den Torfsoden auf dem Dachfirst herausragte, und klopfte bisweilen weich an die Scheiben. Einsame Regentropfen fielen in langen Abständen von der Dachtraufe auf die Steine.

Lisbeth dachte an das große verwegene Gesicht, das sie vor dem Fenster gesehen hatte. Sie hatte solche Angst gehabt …

Vermutlich war es einer von denen gewesen, die in der Schankstube gelärmt hatten. Nun marschierten sie in der

Dunkelheit der Nacht die Landstraße entlang und waren bereits weit fort. Sicher zogen sie in den Krieg.

Lisbeth richtete sich leise auf, beugte sich vor und blickte hinaus. Dunkle Wolken trieben um den Mond, der auf die nasse Straße schien. Weit konnte sie in der Dunkelheit nicht sehen. Kalt und traurig sah diese klare Mondnacht aus; und sie glaubte, den Wind über die feuchte Erde fegen zu sehen, denn sie sah, wie die Wolken trieben.

Ermattet fiel Lisbeth zurück in ihr Bett.

Umgeben von der Leere der Nacht, in der die Zeit nur von dem einsamen, jämmerlichen Pfeifen des Windes in den undichten Türen erfüllt wurde, gingen ihr Gedanken durch den Kopf – wie Graskeime in unfruchtbarem Sand, wie Blasen, die der Schnauze eines neugeborenen Kätzchens entsteigen, wenn es hilflos zappelnd zu trinken versucht. Hin und wieder hatte sie etwas gehört, Nachbars Grete hatte etwas erzählt, anderes hatte sie in der Schankstube aufgeschnappt.

Sie dachte dabei auch an den großen Soldaten, dessen Gesicht sie gesehen hatte, und ihre Seele spross wie eine zarte Lilie, allerdings nicht weiß, sondern blassgrün.

Lisbeth lag still, sie war hellwach, sie blickte hinaus in die Nacht und atmete lautlos.

Der Wind pfiff noch immer, aber in ihren wirren, ängstlichen Träumen hörte sie nichts.

Es war tiefe Nacht, als Lisbeth sich leise und vorsichtig aufrichtete und auf einen Arm stützte. Lange lauschte sie, doch da alles totenstill war, legte sie sich wieder hin, schob zögernd ihre Decke beiseite und blieb eine Weile mager und ausgezehrt im schwachen Mondschein liegen – wie eine blass schimmernde weiße Rosenblüte, die halb geöffnet welkt und sich dem Staub entgegenneigt.

Sie fing an zu husten, kroch unter die Decke, lag ganz still da und starrte wieder hinaus, bis der Mond verschwand und die Wolken in dem heraufziehenden Tag langsam grau wurden.

Die drei Landsknechte aber waren in raschem Tempo auf der Landstraße nach Norden weitermarschiert.

An der nördlich gelegenen Furt plantschten sie munter in ihren guten Stiefeln durch das flache Wasser. Weiter ging es durch das Tal und über eine Anhöhe.

Etwa eine Meile vom Gasthaus entfernt gerieten einer der Alten und der Junge, der auf den Namen Jørgen hörte, über irgendetwas für einen Landsknecht Wesentliches in Streit.

Sie fluchten aus vollem Hals und spuckten Gift und Galle. Schließlich zogen sie ihre Waffen und gingen aufeinander los.

Im Heidekraut neben der Straße fochten sie es aus, der dritte Landsknecht sah zu.

Jørgen war erbittert und fest entschlossen, seinen Gegner zu töten. Daher kam es ihm grenzenlos sinnlos und geradezu naturwidrig vor, als er sich in einem kurzen, plötzlichen Moment schutzlos zeigte und die böse Klingenspitze auf sich zukommen sah – blitzschnell und unter Aufbietung all seiner Willenskraft dachte er über die Möglichkeit nach, gnädig davonzukommen – doch in diesem Moment spürte er bereits die Spitze durch sein Wams dringen, den Stich, die eisige Schneide und einen quälenden Schmerz tief im Rücken. Erst jetzt setzte er seine Absicht in die Tat um und wich zur Seite aus; aber im selben Augenblick verließen ihn die Kräfte und er stürzte zu Boden. Und als der andere die Klinge herauszog, krümmte sich Jørgen mit einem Aufschrei zusammen.

Die beiden anderen setzten ihren Weg nach Norden fort und ließen ihn mit einer tödlichen Stichwunde durch die Lunge liegen.

Jørgen verstand nicht recht, was geschehen war, denn innerhalb einer Sekunde musste er plötzlich mit dem entlegensten und unmöglichsten aller Gedanken vertraut werden. Als es ihm schließlich jedoch klar wurde, hatte er das Gefühl, total verändert, gleichsam verwandelt zu sein. Rasch erhob er sich – der Schmerz war unerträglich –, doch er achtete nicht darauf und starrte den beiden Gestalten nach, die allmählich in der Dunkelheit verschwanden. Er war vollkommen fassungslos.

Ließen sie ihn *tatsächlich* zurück? Ja, ohne sich umzudrehen, Jørgen war geradezu blind vor rasendem Hass und Zorn.

Er ließ sich zurück ins Heidekraut fallen und krümmte sich unter dem Schmerz, der sich durch seinen Körper fraß und bohrte, und als er sich wieder aufrichtete, spürte er, wie die an seinem Körper klebenden Kleider sich von der Haut lösten. Na vielen Dank! Er war blutüberströmt, und überdies lief das Blut auch noch munter ins Heidekraut. Als er das Wams aufknöpfen wollte, waren seine Arme steif wie vor Kälte – er erschreckte sich wahnsinnig, sah sich in der Dunkelheit um und mochte es nicht glauben.

Er lag am Fuß eines kleinen Hügels und meinte mit einem Mal, dort hinaufzumüssen. Kriechend und krabbelnd gelang es ihm, aber unterwegs wurde er regelrecht demütig, so kraftlos war er. Als er oben zusammensank, war ihm alles vollkommen egal. Er lag ganz still auf dem Rücken, überlistete dadurch den grausamen Schmerz in der Brust und spürte, wie wohltuend und bequem seine müden Beine ruhten.

Als er so ruhig dalag, begann er, über die Dinge nachzudenken.

Er hörte den Wind, der über die Spitzen des Heidekrauts strich, die steifen Zweige ein wenig tanzen ließ und mit einem gedämpften Flüstern und Rascheln von ihnen abließ. Die Wolken trieben am Mond vorbei, alles war wie gewöhnlich. Aber in Jesu Namen! Es war doch blutiger Ernst, er sollte sterben. Einen Augenblick wuchs in ihm eine einzige lamentierende Anklage. Dann dachte er wieder vernünftig, eifrig, hastig, er musste sich über so viele Dinge klarwerden. Doch in der Hast geriet alles durcheinander, irrelevante Gedanken und Erinnerungen flogen ihn in hitziger Verwirrung an. Ein Krampf in der Brust verjagte das Ganze − er stöhnte halblaut auf.

Sollte es denn hier vorbei sein, so schien es ihm, dann wäre alles andere sinnlos gewesen. Nein, sein ganzes Leben war nichts im Vergleich mit diesem Moment, als er hier lag und in aller Ewigkeit den Wind leicht über das Heidekraut säuseln, rauschen und seufzen hörte.

In Rendsburg hatte er ein Glas Wein getrunken, dann war ihm der Hut vom Kopf gefallen und die Kreidepfeife zerbrochen − damals im Wirtshaus −, wozu das alles? Warum hatte er sich bei dem Waffenschmied in Lübeck so große Mühe gegeben? Und warum hatte er seinen Bart gepflegt und jeden Tag gehofft, dass er länger würde? Warum hatte er Blut im Leib, wenn es nun aus ihm herausfloss? Einen Augenblick lang hätte Jørgen herzlich gern gelacht, als hätte er jemanden zum Narren gehalten, der sich seiner wirklich angenommen hatte − als hätte er ihn richtig an der Nase herumgeführt. Dann aber schoss Jørgen der Gedanke an Gott durch den Kopf, und er fing an, flüsternd zu beten.

Der Wind kam vorbei und trug sein Flüstern ein paar Schritte weiter, vereinte es mit dem Rauschen des Heidekrauts und den Geräuschen der Nacht, zerstreute dann alles und sauste davon.

So starb der Landsknecht Jørgen einsam und allein, und der Mond schien breit lächelnd auf ein weißes, erstarrtes Gesicht, auf den Ausdruck eines unbeantworteten Angstschreis, auf ein Bild von Verlassenheit und Jammer.

Jørgen lag still auf dem Rücken, aus einiger Entfernung hätte man ihn für einen länglichen grauen Stein halten können. Das Heidekraut verdeckte ihn halb, die widerborstigen Spitzen nickten und wippten. Hin und wieder trieben dunkle Wolken mit fahlen Rändern über den Mond. Das Land war einsam und kaum bewohnt, es erstreckte sich in flachen, ermüdenden, mit Heidekraut überzogenen Wölbungen.

Der Wind strich auf seiner langen, ziellosen Wanderung darüber hin. Er raschelte in den Spitzen des Heidekrauts, nestelte ein wenig im Haar des Landsknechts und jagte dann weiter, um an irgendeinem anderen Ort einen Türspalt zu finden, in dem sich singen und pfeifen ließ.

DREIUNDDREISSIG JAHRE

Es kommt vor, dass die Musik plötzlich schweigt, das hitzige Schnarren der Saiten verstummt … und jemand mit Schweiß auf der Stirn mitten im Saal stehen bleibt. Wortlos wanken alle in dem staubigen, wirbelnden Festsaal zur Wand, denn von draußen, aus der dunklen Stille, schleicht ein Schreckgespenst durch die offenen Fenster hinein. Möglicherweise bleibt jemand allein auf dem Tanzboden zurück, noch besinnungslos und schwindelig vom Tanz und der Freude, während die Herzen aller von Krämpfen gepackt werden. Und dann gibt es vielleicht einen, der die Totenmaske herunterreißt und in die Hände klatscht: »Spiel, Mann! Kratz auf deiner Fidel, ich will vergessen und mich mit meiner Braut in schwindelnden Kreisen drehen!«

Auf einem Hof lebte seit zwanzig Jahren eine alte Frau, und in all dieser Zeit hatte sie sich nicht verändert. Sie gehörte gleichsam zum Inventar des Hofs, sie wurde mit »Ihr« angesprochen, und man ging behutsam mit ihr um, da ihr Verstand Schaden genommen hatte. Es gibt bei den Bauern einen Ausdruck für jemanden, der wunderlich geworden ist, es heißt, er habe »zu viel gesehen«; und das sagte man auch über die alte Kirsten.

Vor langer Zeit gab es zur Tagundnachtgleiche eine mondlose Nacht. Eine dichte, vollkommene Dunkelheit erfüllte die Luft über den Wegen und leeren Entfernungen. Weit verstreut sah man einzelne rote Lichter ohne Strahlenkranz – die eine oder andere Talgkerze in einer niedrigen Stube. Ein Mann ging durch die Dunkelheit auf drei dicht beieinanderstehende, ruhig schimmernde Lichter zu; er selbst glich einem wandernden Funken, denn um den Weg übers Feld zu finden, hielt er eine Stalllaterne in der Hand.

Die Laterne leuchtete ein paar Ellen weit, und im Schein ihres Lichts schritten die unteren Hälften zweier Beine abwechselnd aus und warfen hinter sich einen Schatten; der Rest des Mannes blieb verborgen im weichen Stoff der Dunkelheit. Drehte sich die Laterne ein wenig, bewegten sich auch die drei Lichtkegel hinter ihrem Glas; und während der Mann dahinschritt, schien immer wieder ein kleines Stück des Feldrains aus der Dunkelheit auf und verschwand wieder. Einmal fiel das Licht auf eine Egge, die in einem Brachfeld als Markstein diente und wie ein Dachfirst aufgestellt war; an der Wurzel jedes Zinkens hing ein Büschel weißes Rispengras. Der Mann ging über die Felder, als tastete sich ein runder Lichtfleck unsicher über die Erdoberfläche.

Hinter einem Hügel verschwanden die drei Leitsterne, der Pfad änderte die Richtung und beschrieb eine Kurve, das Licht der Lampe fiel nun auf eine Umfriedung und rotbraune, dicke Jauche und flackerte dann eine von weißen Kalkadern durchzogene Stallmauer aus Feldsteinen hinauf. Der Wanderer bog um die Ecke, und das Licht, das aus den Fenstern drang, glich drei Hohlwegen, deren Wände die tiefe Masse der Finsternis bildeten. Weithin war der klumpige Boden des Feldes zu erkennen.

Hej, didula! Aus dem Haus klangen Geigenspiel und

Stiefelstampfen. Der Mann schritt über das Hofpflaster, und noch bevor er die Tür erreichte, wurde sie aufgestoßen, und mehrere Stimmen begrüßten ihn vergnügt.

»Es ist der Schmiedegeselle! Komm rein!«

Bei Thøgers wurde gefeiert. Die jungen Leute hatten das Fest selbst organisiert, Thøger hatte nur die große Stube zur Verfügung gestellt. Die Ernte und die Herbstarbeiten lagen hinter ihnen, nun tanzten sie und amüsierten sich an den langen Abenden. Einige Mädchen trugen Chintzkleider nach der neuesten Mode.

An der Tür stand Stinchen, die kleine Stine aus dem Armenhaus, mit einem großen Henkelkorb voller Weizenkuchen mit Korinthen am Arm. Hin und wieder setzte sie den Korb ab, ging vor die Tür und trank einen Schluck aus der Pegelflasche; sie war bereits ziemlich betrunken.

Die Knechte hatten für den Kaffee zusammengelegt, Thøgers Kirsten kochte ihn. Man verschnaufte und genoss die Erfrischungen.

Kirsten konnte so gut singen, und die Mädchen baten sie inständig, aber sie wollte nicht. Auch die Burschen bedrängten sie, doch sie sträubte sich.

»Jetzt sing schon, kleine Kirsten!«, forderte Anders der Schmied sie sanft auf. Die Mädchen standen dicht beieinander und warfen sich kichernd Blicke zu.

Kirsten senkte den Kopf.

Es wurde ganz still, in der erwartungsvollen Pause wurde ein Weizenkuchen nach dem anderen vertilgt.

Dann hob Kirsten den Kopf, streifte Anders mit einem raschen Blick und legte die Hände in den Schoß.

Sie schaute vor sich hin und begann, langsam zu singen:

Wie die Sterne am Himmel
sich finden Paar um Paar,
so haben auch du und ich uns angeseh'n,
um den Weg gemeinsam zu geh'n,
doch du, du wolltest nicht.

Weißt du noch, was du versprochen hast,
als wir am Strande standen?
Du hast versprochen, mich zu lieben,
doch nur, um mich dann zu betrügen,
was ist von deinen Versprechen geblieben?

Nun bin ich das verirrte Schaf,
das auf dem Felde steht.
Der Vater, die Mutter, die Eltern sind fort,
und ich hab auf Erden keinen Ort,
an dem ich fände ein tröstendes Wort.

Nach dem Lied herrschte lange verlegenes Schweigen. Die Kerzen in den Wandleuchtern flackerten und tauchten den kahlen Raum in ein unruhiges Zwielicht. Stinchen steckte die Hände unter die Schürze und vergoss ein paar Fuseltränen.

Kirsten sang noch ein weiteres Lied, dann spielte der Krämer-Jakob wieder zum Hopser auf.

Eigentlich tanzte Anders ausschließlich mit Kirsten, daher bekam er in den Pausen von den anderen Burschen auch einiges zu hören. Er lächelte gelassen. Denn blickte er auf, traf er auf der anderen Seite der großen Stube auf Kirstens freundliche Augen.

Jeder wusste, dass die beiden ein Liebespaar waren. Thøger war zwar Hofbesitzer, lebte mit seinen vielen

Kindern aber in bescheidenen Verhältnissen. Anders der Schmied trank nicht, er tat niemandem Unrecht, und sein Handwerk war anständige bäuerliche Arbeit. Es ging schon in Ordnung, dass er die hübsche Kirsten bekommen sollte. Lange konnte er den Blick ohnehin nicht von ihr lassen.

Es wurde weitergetanzt, denn manch anderes Pärchen wollte sich auch gern nahe sein. Alle strahlten vor Freude. Mathis, der in der Stadt gewesen war – er handelte mit Lämmern –, tanzte linksherum und stampfte am Ende jedes Refrains mit seinen Absatzeisen auf den Boden. Einige ältere Leute saßen auf den Bänken und schauten zu.

Es ging auf Mitternacht zu, alle hatten hochrote Köpfe, die breiten, mit Westen bekleideten Rücken dampften wie Wiesen. Je länger der Tanz dauerte, desto lustiger wurde es.

Kirsten kam herein und bespritzte den Fußboden mit Wasser, aus dem feuchten Staub stieg muffiger Katzengestank auf.

»Puh, ist das heiß!« Mathis stieß die Fenster auf.

»Spiel uns ›Die rote Mütze‹!«, schrie er heiser dem Spielmann zu. Es war ein Rundtanz, an dem sich alle beteiligten. Danach tanzten sie »Viereck«, ebenfalls einen Rundtanz, aber in einem hastigeren, atemloseren Tempo. Zwei Gruppen nahmen teil und wirbelten mit einem berauschten Blick durcheinander – Hände wurden losgelassen und wieder ergriffen, Röcke segelten durch die Luft …

Plötzlich unterbrach Krämer-Jakob sein Spiel, und als sie zu ihm aufblickten, starrte er mit der Violine unter dem Kinn auf die Fenster …

Vom Entsetzen an den Kehlen gepackt, flohen sie allesamt von der Tanzfläche.

Nur Mathis blieb wie im Sprung erstarrt auf dem Tanzboden stehen, allein.

Es wurde totenstill.

»In Jesu Namen!«, tönte Stinchens Stimme laut und bebend durch den Raum.

Die Mädchen drängten sich in einer Ecke. Doch dann ging Anders der Schmied zu den Fenstern und schloss eines nach dem anderen, dabei sah er mit festem Blick hinaus in die samtschwarze, stille Dunkelheit. Als er den letzten Fensterhaken verriegelt hatte, drehte er sich um.

»Da war nichts«, sagte er. »Spiel weiter, Krämer-Jakob! Wovor hast du denn Angst? Komm, Kirsten!« Anders breitete die Arme aus, und Kirsten lief zu ihm. Jakob spielte auf und trat mit der Stiefelspitze den Takt dazu.

Alle sahen sich betreten an und atmeten auf. Nun wurde noch fröhlicher und beschwingter getanzt als zuvor. Erleichtertes Gelächter war zu hören.

Sie tanzten, bis der Himmel vor den Fensterscheiben grau wurde. Dann verteilten die Pärchen sich auf den Wegen und schmalen Straßen. Die Mädchen mussten heim zum Melken.

Im Frühjahr baute Anders ein Haus und eine Schmiede, und im Juni heiratete er Kirsten.

Es war ein Tag mit einem wolkenlosen Sommerhimmel und saftig grüner Erde, als der Zug der Hochzeitskutschen auf der lichten Landstraße heranrollte. Die Pferde griffen beherzt aus, Staub wirbelte auf und stand über dem Rand des Straßengrabens. Auf dem vordersten Wagen saß Krämer-Jakob neben dem Kutscher und spielte den »Fahrtenmarsch« auf der Klarinette, seine Finger tanzten über die Löcher. Immer wurde dieser Brautmarsch gespielt, er erinnerte an die Gelage und Feste vergangener Zeiten.

Dädädä, dädädä, dädädädä … ertönte der hölzerne Klang.

Musik war in dieser armen Gegend selten zu hören. Die Sonne schien weit über die Felder, und auf den entlegenen Höfen traten die Menschen vors Tor, um zuzuhören.

Viele Wagen rollten den Hügel hinauf, einer hinter dem anderen. Sie hielten vor der weiß gekalkten Kirche, ein weißer Schleier hob sich im Sommerwind, kleine Kinder kletterten auf die Steinmauer des Friedhofes.

Und dann fuhren die Wagen hintereinander die Straße wieder zurück. Die Sonne glänzte auf Flaus mit schwarzem, blankem Flor. Der Krämer-Jakob saß zurückgelehnt auf dem Kutschbock und hatte die Klarinette im Mund. Der Festzug zog vorbei und verbreitete Freude in dem genügsamen Land.

Stinchen stand mit strahlenden kleinen roten Augen am Straßenrand, und als der letzte Wagen vorbeigefahren war, zog sie einen alten Pantoffel unter ihrer Schürze hervor und warf ihn dem Zug hinterher, damit er den jungen Leuten Glück brächte.

In den ersten Jahren mussten Anders und Kirsten bitter um ihr Auskommen kämpfen, da sie all die Schulden für ihr Haus abzutragen hatten.

Anders hämmerte und nietete von morgens bis abends, er schmiedete Holzschuhnägel, reparierte Standuhren und bestellte außerdem ein Stück Land.

Häufig kamen die Bauern mit kaputtem Werkzeug und guten Worten zu ihm, und Anders tat ihnen den Gefallen und hatte hinterher das Nachsehen.

Sie bekamen drei Kinder, zwei Mädchen und einen Jungen. Eine große Hilfe war Kirsten nicht, solange die Kinder noch klein waren. Doch nach gut zehn Jahren waren die Schulden getilgt, und Anders konnte es sich endlich leisten, ein Schaf und eine Kuh zu kaufen. Der große, gebückt gehende Mann war klapperdürr und sprach nur wenig.

Es kamen einfachere Zeiten für die beiden, Kirsten wurde rundlich, aber sie war noch immer weiß und rosig wie ein junges Mädchen. Die Kinder wurden konfirmiert, zwei waren bereits aus dem Haus und in Diensten.

Als Sørine, die älteste Tochter, ungefähr zwanzig Jahre alt war, wurde Anders eines Tages beim Verladen von Heidekraut von einer Kreuzotter gebissen. Sein Daumen verheilte nie wieder richtig, und auch an den anderen Finger bildeten sich Eiterbeulen. Jahrelang umwickelte er seine Finger mit großen Lappen und steckte sie in Fingerlinge.

Wenn Anders der Schmied vor die Tür trat, kam es vor, dass er stehen blieb und einen verstohlenen Blick auf die kleine Schmiede warf, in der die Esse jetzt kalt war. Noch immer trug er sein Schurzfell, doch in dem hohlwangigen Gesicht zeigte sich ein grüblerisch-missmutiger Ausdruck. Man sah ihn, wie er sich mit irgendetwas am Haus beschäftigte, still und mit hängendem Kopf. Unter der Dachtraufe über der Haustür bewahrte er eng gestapelt auf, was dort nur unterzubringen war – eine Kalkbürste, die bis zum Ring abgenutzt war, eine halbe Wollschere, einen alten Pflock zum Anbinden von Vieh. Jahrelang blieb es dort liegen und ging nicht verloren.

Sie lebten von ihrem Acker und schlugen sich durch, Anders der Schmied wurde jedoch immer schwermütiger, denn er hatte nichts Rechtes mehr zu tun. Lars war jetzt siebzehn Jahre alt und kümmerte sich gemeinsam mit seiner Mutter um alles.

Wenn Anders der Schmied draußen herumwerkelte, kam Stinchen mitunter vorbei und sah ihn aus ihrem kleinen versoffenen Gesicht an. Einige Tage später tauchte Stinchen erneut auf. Und ein paar Jahre später sah er sie wieder, ohne dass sie sich verändert zu haben schien. Stinchen wusste nicht, wie alt sie war, Zeit existierte nicht für sie. So gut wie jeden Monat kam sie vorbei und behauptete, Geburtstag zu haben; und bei dieser Gelegenheit sammelte sie Zweiøremünzen für eine Flasche Schnaps. Nur war das kein Trick, sie war überzeugt, es wäre ein Jahr vergangen.

Ebenso eigenartig verhielt es sich mit Näsel-Peter, diesem schlaksigen Vagabunden. Irgendwann erschien er auf der Landstraße und zog einen Schwarm von Kindern hinter sich her – völlig betrunken, fidel und ausgesprochen guter Dinge. Stets war er angezogen wie ein Maurer; er hatte O-Beine und war gut dreieinhalb Ellen groß.

Näsel-Peter kannte weder einen Kalender noch etwas Ähnliches. Eine Weile schien er wie vom Erdboden verschluckt und offensichtlich von allen vergessen zu sein. Dann lebte er an unbekannten Orten und verputzte schiefe Schweineställe. Doch irgendwann erschien er eines Tages wieder auf der Straße wie ein Imperator, reckte die Pfeife wie ein Zepter in die Luft, forderte das ganze Lumpenpack heraus und näselte dabei wie ein Tapir. Mit einem Mal jedoch verlor sich seine kriegerische Stimmung, und er lächelte unendlich gutmütig in seinen weißschimmligen Bart.

»Kommt nur her, ihr lustigen kleinen Bengel!«, rief er näselnd, vollführte zwei lange, beschwerliche Schritte und drückte den Rücken durch. Und dann sang er durch seinen Rüssel:

Ach, warum hast du um mein junges Herz gebeten,
Ach, warum hast du mir diesen Kummer angetan?!

»Ha, ha, ha«, lachte er selig vor sich hin und torkelte weiter.

An einem kalten Morgen, an dem Schneeregen fiel, sah man Näsel-Peter in einem Straßengraben schlafen. Dann war er wieder fort und vergessen, bis er irgendwann in der Dämmerung mit einer Branntweinflasche in der Tasche im Triumph die Straße herunterkam und die Pfeife vor sich in die Luft reckte. Und während die Erde sich drehte, blieb er unverändert und unberührt vom Wandel der Zeiten; er stand außerhalb der Zeit.

Sommer und Winter lösten sich ab, und es gab nichts, womit die Zeit sich füllen ließ. Anders der Schmied lag bereits im zweiten Jahr in dem breiten Alkoven, und Kirsten verrichtete daneben weiterhin still ihre Hausarbeit.

Durch die Butzenscheiben der Fenster hatte Anders den Blick auf ein Stück von Niels Jepsens Feldern und eine Ecke des Hofs, mehr sah er nicht. Im Frühjahr schmolz der Schnee, es dauerte sehr lange. Doch plötzlich war auch dies bereits wieder lange her, und es war Herbst und das Feld kahl.

In der Ecke am Bett hatte die Standuhr ihren Platz, die Anders selbst gebaut hatte, sowohl das Uhrwerk als auch die Zeiger. Wie bei einer richtigen, gekauften Uhr hatte er blühende Rosen mit Stielen auf das Zifferblatt gemalt. Das Pendel schwang hin und her und tickte ganz genau … Anders der Schmied hörte es in seinen schlaflosen Nächten, und doch wollte die Zeit kein Ende nehmen.

Sie hatten den Doktor gerufen, und der hatte gesagt, es wären Tuberkel in den Fingern. Auch sein Körper wäre voll davon. Kirsten merkte sich das Wort, es war für sie von einer kalten Mystik.

Anders der Schmied lag mit seinem braungelben Kopf schräg auf dem Kissen und fummelte hin und wieder mit den beiden gesunden Fingern an der aus rotem und blauem Garn gefertigten Quaste des Bettbandes. Anders kannte die Quaste, solange er denken konnte.

Er sah Näsel-Peter auf dem Feld vorüberschwanken, die Pfeife triumphierend zum Himmel gereckt.

»Lebt er noch?«, flüsterte Anders der Schmied überrascht.

»Ja, er lebt noch, mein lieber Anders. Ja, wirklich. Ja, ja – ja, das tut er.«

Kirsten saß am Bett und strickte Strümpfe. Das Knäuel lag in dem kleinen Strohkorb, den Anders in jungen Jahren geflochten hatte. Es drehte sich um sich selbst und wurde immer kleiner, das Garn lief durch Kirstens nie ruhende Finger zu den Stricknadeln und wurde zu Masche an Masche. Kirsten brauchte bereits eine Brille, so oft hatte sie in der dunklen Küche gestanden, wo der fette, gelbe Rauch des Heidetorfs qualmte und wie Salz in den Augen brannte. Jeden Tag musste sie weinen. In der kleinen Stube wurde niemals gelüftet, die Gerüche hingen schwer in der Luft.

Einige Jahre schlief die Katze unter dem Ofen, dann bekam sie ein Junges, das ihre Haltung zum Leben erbte.

Und eines Tages, als Anders der Schmied wie gewöhnlich mit seinem abgezehrten Kopf schräg auf dem Kissen lag, zogen sie ihm ein weißes, besticktes Leinenhemd an und kämmten ihm die Reste seiner Haare vorn über die Ohren.

Er wurde auf dem Friedhof begraben.

Der Lehrer hatte gedruckte und kolorierte Gedenkblätter mit Leerzeilen für den Namen und das Datum. Er kalligrafierte Anders Pedersens Namen auf ein Blatt, das gerahmt und hinter Glas bei Kirsten aufgehängt wurde. Zwischen zwei Säulen und umwunden von reichem Zierrat stand zu lesen:

Vater! Wenn die Mutter fragt:
Wo ist unser Liebstes hin?
Wenn sie trauert, wenn sie klagt,
sag, dass ich im Himmel bin.

Oder wenn der Vater weint,
trockne ihm die Tränen ab,
pflanze, wenn die Sonne scheint,
all die Tränen auf mein Grab!

Jedes Jahr kam der alte Hausierer aus Nürnberg mit einer neuen Lieferung für den Lehrer, er kam, wenn die Frösche quakten und der Hafer gesät wurde. Seit der Thronbesteigung Christians VIII. hatte man kein Jahr vergeblich auf ihn gewartet.

In den letzten Jahren war es sehr still im Haus des Schmieds geworden, doch nun hatte sich eine noch größere Stille darübergelegt. Kirsten weinte, wenn sie an der Feuerstelle stand und für sich und Lars kochte, und der bittere Rauch beförderte ihre Tränen.

Im Frühjahr kehrte Sørine aus ihrer Stellung nach Hause zurück, sie war jetzt fünfundzwanzig Jahre alt. Das große, sanfte Mädchen war ausgesprochen beliebt, doch sie kam mit der Arbeit nicht mehr zurecht. Ihre Wangen waren eingefallen, sie hustete, und ihre Augen glänzten klarer als gut war.

Kirsten wurde zu der alten, entschlossenen Frau von

einst, sie steckte Sørine in den Alkoven, dessen unterste Strohschicht noch den Abdruck des Vaters aufwies.

Dort lag die große, bleiche Sørine ein Jahr, bis sie starb.

Auch sie schaute auf die Ecke von Niels Jepsens Hof und weinte hin und wieder, wenn die Mutter in der Küche war, um zu weinen; sie siechte langsam, aber sicher dahin. Am häufigsten dachte sie daran, dass sie nie einen Liebsten gehabt hatte. Ihr Haar fiel zu beiden Seiten ihrer weißen, jungfräulichen Stirn herab, sie lag wie ein Gemälde in dem düsteren Alkoven. Das hatte die Frau des Küsters gesagt, die hin und wieder kam und versuchte, über den Kummer hinwegzuhelfen.

Viele hatten Sørine gern gehabt, sie war immer ein stilles Mädchen gewesen, das die schönsten Lieder singen konnte, wenn man sie zwanzig Minuten bedrängte. Herrgott, warum musste sie nur sterben? Waren die Besucher gegangen, überkamen Sørine mitunter anhaltende Weinkrämpfe, bis ihr die Kräfte schwanden.

Auch Stinchen besuchte sie einmal, um sich bei ihr mit einem kleinen Korb Preiselbeeren lieb Kind zu machen. Sie brachte den Duft der Heide mit, den frischen, bitteren Duft der Schwarzen Krähenbeere und den säuerlichen Atem des Heidekrauts. Als Sørine fiebrig lächelnd versuchte, von den Beeren zu essen, hatte eine von ihnen einen Beigeschmack, diesen besonderen Geschmack, den nur derjenige kennt, der als Kind in der Heide auf dem Bauch gelegen und sich mit Beeren vollgestopft hat. Es kommt vor, dass man eine wieder ausspuckt, weil eine Blattlaus über sie gekrochen ist, eine dieser flachen, grünen Blattläuse, die einem Preiselbeerblatt so ähnlich sehen, man kann es schmecken.

Als Sørine diesen Geschmack in den Mund bekam, schluckte sie die Beere und drehte sich zur Wand. Ihr Rücken bebte und zuckte.

Stinchen saß da und plapperte vor sich hin, schließlich kannte sie Sørine seit deren Geburt. Ja, sicher. Als Sørine neun oder zehn Jahre alt war und mit ihren Spielkameradinnen umherstreifte, stießen sie irgendwo weit draußen in der Heide immer auf Stinchen, die Beeren sammelte, um sie zu verkaufen. Damals sah Stinchen genauso aus wie jetzt.

Sørine drehte sich an diesem Tag nicht mehr um. Als das abendliche Zwielicht die Stube erfüllte, dämmerte der weiße Rücken ihres Nachthemds im Alkoven dahin.

Sie überstand den Winter, doch im Frühjahr wurde Sørine neben ihrem Vater begraben und ein neues Gedenkblatt an der Wand aufgehängt.

Kirsten wurde älter, aber sie war noch immer stark. Als Lars seinen Militärdienst ableisten musste, bestellte Kirsten das Feld allein. Karen Marie war noch immer in Stellung. Im Laufe der Jahre hatte Kirsten begonnen, in einem klagenden und jammernden Ton zu sprechen, gebrochen war sie deshalb aber durchaus nicht. Sie wurde eine Art Vertrauensfrau im Dorf und war oft bei Geburten oder den Schlachtungen zu Weihnachten behilflich. Wenn Schmieds Kirsten in der dampfenden Fülle von Därmen und Speckseiten saß, konnte sie alles vergessen und schien auf eine eigenwillige, unbeugsame Weise entschlossen zu sein. Ihr Rücken war bucklig geworden, die Füße aber standen noch zuverlässig in den Pantinen mit den dicken Sohlen.

Stinchen hatte eine unbestimmte Anzahl von Geburtstagen gehabt, ohne älter zu werden, als Kirsten ein weiterer Schlag versetzt wurde: Karen Marie, ihre zweitälteste Tochter, starb. Sie hatte einen Fuhrmann geheiratet, ihr ging es recht gut, und dennoch starb sie bei der Geburt ihres ersten Kindes. Kirsten war bei ihr und schloss ihrer Tochter die Augen.

Nun hatte sie nur noch Lars. Er war ein zuverlässiger siebenundzwanzigjähriger Bursche, der den guten Charakter seines Vaters geerbt hatte.

Lars kümmerte sich um die kleine Landwirtschaft, doch da ihm viel Zeit blieb, arbeitete er nebenher auch als Tagelöhner und verdiente gut. Überall war er wegen seiner Freundlichkeit und seiner guten Laune beliebt.

Im Frühjahr stach er Torf und brachte es auf eine unerhörte Anzahl Soden am Tag, ja, und es gelang ihm mit seinem heiteren Gemüt sogar, noch drei, vier Miesepeter unter den Torfstechern bei Laune zu halten.

Allerdings war Kirsten besorgt, als Lars mit einer Näherin anbandelte, die von Hof zu Hof zog.

Hielt sich Mette im Dorf auf, war Stinchen jeden Tag betrunken, denn Kirsten aus der Schmiede belohnte sie für ihre guten Spitzeldienste. Kirsten hoffte, dass Lars es nicht ernst meinte. Ihr steckte die Bauerstochter im Blut. Und doch verlor sie darüber nie ein Wort.

Lars hatte auf demselben Hof wie Mette Arbeit gefunden.

Eines Morgens sollte er sie in ihrer Kammer wecken. Lars schlich hinein, das Mädchen schlief noch. Lars lachte verschmitzt vor sich hin und bewegte sich auf Zehenspitzen vorsichtig über den Fußboden. Es war nicht so einfach, denn er trug Stiefel mit Holzsohlen. Er bückte sich und weckte das Mädchen mit einem Kuss.

Sie schreckte auf und blickte ihn an.

»Zeit zum Aufstehen!«, flüsterte Lars sanft und stahl sich aus der Kammer.

Einmal betrat er die Stube, als es draußen bereits dämmerte. Mette saß allein am Tisch und nähte. Die feinen, kleinen Hände beeindruckten Lars sehr, er streichelte ihr über die Hand.

»Gibst du mir einen Kuss?«, flüsterte er.

Mette lachte laut auf.

»Nein, nein, nein, nein.«

»Freiwillig bekomme ich keinen?«

»Nein.«

»Nun, dann muss ich mir wohl freiwillig einen holen?«, fragte er ein wenig atemlos.

Mette erwiderte nichts.

Lars griff ihr unter die Arme und beugte sich zu ihr hinab.

»Jetzt hole ich mir einen freiwilligen Kuss.«

Sie wandte ihr Gesicht ab.

Nur wollte Lars sie nicht küssen, wenn sie es nicht gestattete. Schließlich willigte sie ein, leistete aber schicklich gebührenden Widerstand.

Weiter kam Lars nicht, und doch hatte er die allerbeste Laune, solange die Näherin auf dem Hof war.

Einige Monate später bekam Mette ein Kind von einem anderen. Lars war kuriert. Ob ihm die Angelegenheit naheging, erfuhr niemand, seinem Verhalten war zumindest nichts anzumerken.

Die Zeit verging so gemächlich, es gab nichts, womit man sie hätte messen können.

Im Frühjahr hatte Lars eine gewisse Vorstellung von der Zeit durch die Anzahl von Torfsoden, die er stach. Tag und Nacht wechselten sich ab, und wollte man darüber nachdenken, war es plötzlich bereits Herbst. Und erinnerte man sich beim nächsten Mal daran, war es vielleicht Sommer. Näsel-Peter tauchte eines Tages wieder auf und hatte eine neue Pfeife, deren blanker Deckel in der Sonne glitzerte. Er hielt sie in die Luft und sang, berauscht vom Glück und vom Branntwein.

In einem Frühjahr erschien Näsel-Peter mit einem verkrüppelten Zeigefinger, im Laufe des Winters hatte er zwei Glieder verloren. Sein Frohsinn war freilich ungebrochen. Er kam nur auf dem Höhepunkt seiner Seligkeit ins Dorf; war er nüchtern und ging es ihm schlecht, verkroch er sich an unbekannten Orten.

In einem kalten und feuchten Jahr erkältete sich Lars in den Torfgräben. Er war heiser und band sich den Sommer über ein Tuch um den Hals, doch es wurde nicht besser. Im Herbst ging er zur Arbeit, hustete aber morgens vor dem Aufstehen. Als Kirsten ihn zum ersten Mal Blut spucken sah, erbleichte sie vor Angst und wischte lange den Tisch ab, obwohl er sauber genug war.

Zwischen den beiden war nie ein böses Wort gefallen, jetzt kam es mitunter zum Streit. Unablässig beklagte sich Kirsten, sie bemutterte Lars und überhäufte den Sohn mit Ermahnungen, und er reagierte gereizt und gab bittere Widerworte. Schließlich war er kein Muttersöhnchen, auf das man ständig aufpassen musste. Lars ließ seine Mutter stehen und ging mit einem Tuch zur Arbeit, das er sich viermal um den Hals gewickelt hatte.

Mit der Zeit bekam er einen abweisenden und verbissenen Gesichtsausdruck; nur selten machte er noch einen Witz, und der war dann sehr oft verletzend.

So ging es den ganzen Winter lang, von Vorsicht wollte er nichts hören. Kirsten weinte, und in ihrem Gesicht zeigten sich tiefe Furchen, jeden Sonntag ging sie in die Kirche und weinte auch dort.

Im Frühjahr begann Lars wieder, Torf zu stechen, doch er brachte es nicht auf die gewohnte Anzahl Soden am Tag. Mitunter verzog er das Gesicht, wenn er den scharfen Spaten tief in den Torf stieß.

Im Laufe des Sommers betrank er sich ein paarmal, und es kam zu Schlägereien mit den schwedischen Knechten aus Højtorp. Er hatte ihnen mit einer Heidesense gedroht, und der Amtmann musste gerufen werden.

Lars' Gesichtszüge wurden schärfer, deutlich zeichnete sich der blonde Backenbart in seinem Gesicht ab. Husten quälte ihn.

An einem späten Sonntagabend im August saß er mit seiner Mutter vor dem Haus. Es war still, ganz still, der Tau legte sich allmählich über das dunkle Gras. In der Stille hörte man die Kinder im Dorf lärmen und johlen, sie spielten Fangen um die leeren Fässer des Kaufmanns. Über dem tiefschwarzen Heiderand hing ein letzter kümmerlicher Widerschein der untergegangenen Sonne. Ein Vogel flog weit draußen in der Dunkelheit erschrocken auf.

Lars saß auf dem Schleifstein und rauchte. Weder er noch die Mutter sagten ein Wort, die Missstimmung war nicht vergessen, auch wenn der Abendfriede sie überdeckte.

Lars stellte die Pfeife im Wassertrog des Schleifsteins ab und erhob sich.

»Lass uns reingehen, Mutter!«, sagte er, und seine Stimme war sanft wie in früheren Tagen, sogar noch milder und sanfter.

»Wie du meinst!«, brachte Kirsten heraus und brach in Tränen aus.

Als sie hineingingen, blieb Lars an der Tür stehen und blickte nach oben – unter der Dachtraufe steckten noch all die Dinge, die Anders der Schmied dort aufbewahrt hatte, damit sie nicht verloren gingen.

Mutter und Sohn waren schweigend übereingekommen, dass er sich in den Alkoven legte, sie begab sich im anderen Zimmer zur Ruhe.

Am nächsten Morgen blieb Lars liegen. Anderthalb Jahre blieb er liegen, bis er starb.

Es war eine lange und bittere Zeit. Lars lag im Alkoven, starrte von derselben Stelle wie die beiden anderen aus dem Fenster und sah dasselbe.

Im Sommer wurde Niels Jepsens Hof weiß gekalkt, er blickte auf die beiden runden Pappeln. Eines Tages hatten die Pappeln keine Blätter mehr.

In der Zeit, in der die Kühe frei auf der Weide herumlaufen durften, kam hin und wieder eines der Tiere über das kleine Stück Feld. Von seinem Lager aus verfolgte Lars die Ankunft des Frühlings. Umherstreifende Kinder liefen übers Feld, um Schachtelhalme zu pflücken. Lars sah, wie ein Kind einen alten ausgelatschten Schuh fand und hineinsah. Ein andermal kamen drei, vier kleine Mädchen in einer seltsam somnambulen Haltung vorbei, hielten sich eine rote Flaschenscherbe vors Auge und gingen auf die Sonne zu. Das war im April.

Kirsten ging immer gebeugter, eigentlich weinte sie ständig. Ihre Augen wurden schwach. Lars redete mit ihr wie mit einem kleinen Mädchen. Er war geduldig, er lag da und brachte eine Zeit zu Ende, die ihm länger erschien als der Rest seines Lebens – selbst wenn er so alt geworden wäre wie andere. Die großen Arbeiterhände wurden hilflos weiß und zart wie die einer Näherin. Er spielte mit der Quaste des Bettbandes, die roten und blauen Fäden wurden sorgfältig geordnet.

Ticktack, sprach die Uhr in der Ecke. Ihre Zeiger bewegten sich nicht mehr, das Uhrwerk war kaputt, das Pendel ging aber noch. Lars wollte es so. Es sei so beruhigend, erklärte er. Die Zeit wurde in kleine Stücke zerteilt. Bei jedem zweiten oder dritten Ticken stellte Lars sich möglicherweise eine feuchte, sorgfältig gestochene Torfsode vor, die er auf den Rand des Grabens legte.

Hin und wieder besuchten Kinder den Kranken. Lars, der nie an einem Hund hatte vorbeigehen können, ohne sich auf die Schenkel zu klopfen, um ihn zu rufen, war ein Kinderfreund. Wann immer sie erschienen, kam Kirsten aus der dunklen, verräucherten Küche und wischte sich die Augen aus. Und wenn die Kinder in den Geruch der Stube traten, sahen sie hinten im Alkoven immer dasselbe blasse, geduldige Gesicht. Es war Sommer, es war Winter, für die Kinder stand die Zeit still, und in all dieser Ewigkeit fanden sie Lars unverändert, wenn sie ihn besuchten.

Aber die Zeit vergeht, und will man es sich irgendwann einmal ansehen, sind viele, viele Jahre vergangen.

Am Ende litt Lars sehr. Der Doktor gab ihm Morphium, Lars war damit jedoch ausgesprochen vorsichtig. Er wollte erleiden, was er erleiden sollte, sagte er. In den letzten Tagen ertrug er das Liegen nicht mehr, und die Mutter stützte ihn und hielt ihn aufrecht, bis sie nicht mehr konnte und vor Kummer weinte.

Eines Tages hielt Kirsten Lars ein Talglicht vor den Mund. Die Flamme flackerte nicht, sie stand senkrecht in der Luft und leuchtete auf den scharfen Knorpel der Nasenspitze. Lars war im Bett seines Vaters gestorben, in dem er einst geboren worden war – in Kirstens Ehebett.

Er wurde auf dem Friedhof begraben, jetzt lagen vier Gräber nebeneinander.

Eines Tages wollte Stinchen nach Lars' Grab sehen. Kinder spielten dort im hohen Gras, bei Stinchens Anblick jubelten sie und rannten auf sie zu. Lange schwatzten sie miteinander.

»Hast du denn keine eigenen Gräber, Stinchen?«, fragte eines der Kinder naseweis.

Aber ja, natürlich gab es eines. Sie führte die Kinder in eine Ecke mit vielen kleinen, überwucherten Hügeln, auf denen es keinen anderen Grabschmuck gab als das lange bleiche Gras, das alten Haaren ähnlich sieht. Sie sahen alle gleich aus.

Und doch fand Stinchen ein bestimmtes Grab. Hier liege ihre Mutter, erklärte sie. Stinchen ging in die Knie, zupfte ein wenig Gras, ihre roten Branntweinaugen sahen traurig aus.

»Wann ist sie denn gestorben?«, fragte eines der Kinder unbeschwert.

Ja, das war – ach ja, vor vielen Hundert Jahren – ganz gewiss.

Stinchen konnte sich nicht erinnern. Und sie war die Einzige, die in sich die Reste eines unbekannten, verwehten Lebens bewahrte, eine Zahl in einer Gleichung, deren Ergebnis null war. Stinchen konnte nur traurig sein.

Ein halbes Jahr später verkaufte Kirsten das Haus und die Schmiede. Für das Geld kaufte sie sich auf dem elterlichen Hof ein, der inzwischen ihrem Neffen gehörte.

So kam es, dass Kirsten an den Ort zurückkehrte, den sie vor dreiunddreißig Jahren verlassen hatte. Sie kam von Mühsal gebeugt zurück, stumm und ausgehöhlt vor

Kummer, wie jemand, der dreiunddreißig Jahre umhergereist ist, unterwegs Schlimmes erlebt hat und einsam und allein heimkehrt, ohne irgendetwas vorweisen zu können.

Eines Abends war wieder Tanz auf dem Hof, und die alte Kirsten saß dabei und sah zu. Und mit einem Mal erinnerte sie sich ... und sah die vielen Jahre in einem Bild vor sich. Ja, draußen in der Welt war sie allein an einem fremden Ort gewesen, gebrochen von der Erfahrung, dass ihr ganzes Leben fruchtlos geblieben und zu einem Nichts zerronnen war.

Seit diesem Tag war sie wunderlich. Sie hatte an diesem Tag »zu viel gesehen«. Die letzten zwanzig Jahre lebte sie im endlosen Dunkel des Wahnsinns.

CECIL

Auf einem Bauernhof unten am Fjord wohnte ein Mann, den sie Bitte-Anton nannten, den kleinen Anton. Er war alt und weißhaarig und hatte nie geheiratet. Das lag daran, dass Bitte-Anton eine zögerliche und gründliche Natur war. Schon oft hatte er sich die Stiefel angezogen, um jemandem den Hof zu machen; im Laufe der letzten vierzig, fünfzig Jahren war es häufig vorgekommen, dass eine Witwe auf ihrem Hof der Unterstützung bedurfte. Nur ...

Kurz nach dem Vierundsechzigerkrieg war Bitte-Anton einem Entschluss so nah wie nie zuvor gewesen. Alles war so gut wie in Ordnung, die Witwe war gesund und rechtschaffen, es gab keinerlei Hindernisse. Nur lag das Moor zu weit vom Hof entfernt, man konnte unterwegs durchaus die Hälfte einer Fuhre Torf verlieren.

Nun arbeitete ein junger Knecht auf dem Hof, Bitte-Antons Neffe. Auch er hieß Anton.

Vor einigen Jahren war Bitte-Antons Bruder aus Kopenhagen nach Hause gekommen, wohin er in grauen Urzeiten gezogen war. Es klingt wie ein Märchen. Tatsache ist aber, dass die Bewohner der Halbinsel Fischfang betrieben. Auf jedem größeren Hof sieht man bis heute ein kleines, abseits stehendes Haus aus unverputztem Stein mit einer Dachpyramide aus Stroh. Darin räucherten die Bauern früher große Mengen Aale. Damals fischten sie alle bereits als junge Leute, auch diejenigen, die längst

Haus und Hof geerbt hatten und Ackerbau betrieben. Und wenn die jungen Bauernburschen fischten, kam es vor, dass sie in ein Unwetter gerieten und an einem fremden Ufer anlanden mussten. Auf diese Weise gelangten sie bis Salling und Thy und bisweilen in noch entlegenere Gegenden. Außerdem brachten sie die geräucherten Aale nach Randers, und so war es möglich, dass eine verwegene Natur wie Bitte-Antons Bruder es zu großem Weitblick und unersättlichem Mut gebracht hatte.

Zwanzig, dreißig Jahren später kehrte er jedoch als gebrochener Mann zurück. Er hatte sich in Kopenhagen als Hofknecht verdingt, dann einen Krämerladen geführt und schließlich ein Wirtshaus besessen. Es hatte ihm Geld eingebracht. Es gab Zeiten, in denen Antons Bruder über berauschende Summen verfügte. Doch wie war es ihm ergangen?

Ja, als er auf seinen Geburtshof zurückkehrte, brachte er nichts mit als seinen kleinen Sohn. Durch die Trunksucht war der große Mann aufgeschwemmt und hatte rote Flecken im Gesicht. So war es zugegangen.

Zwei Jahre lebte der »Kopenhagener«, wie man ihn nannte, bei seinem Bruder. Er machte nie einen Finger krumm, trank jedoch in aller Stille. Sah man ihn unten am Fjord stehen und müßig die Nase in den Wind halten, war seine ganze Erscheinung ein einziger Ausdruck eines stummen, nicht wiedergutzumachenden Unglücks.

Eines Morgens, als die Fischer zu ihren Netzen kamen, glaubten sie, ein großer und seltener Fisch hätte sich darin verfangen. Doch es war der »Kopenhagener«, der tot wie ein Hering auf einem der Trockenstative hing.

Bitte-Anton gab seine Hochzeitspläne auf und ließ seine Stiefel auf dem Dachboden verschimmeln; und als der Neffe heranwuchs, adoptierte er ihn und setzte jenen mysteriösen Mechanismus in Gang, dessen einem Ende man einen Geldschein anvertraut, worauf man am anderen Ende feierlich eine amtlich beglaubigte Abtretungsurkunde entgegennimmt.

Anton, wie er ganz schlicht genannt wurde, war nun etwas über zwanzig Jahre alt, ein großer, kecker Bursche mit einer hervorstehenden Unterlippe. Er war ein tüchtiger Arbeiter, der in seiner Freizeit sang und Tabak rauchte und bei den Tanzvergnügen schweißüberströmt bis zum Morgengrauen tanzte. Allerdings war er unter den Leuten nicht sonderlich beliebt, denn sein Wesen hatte etwas Unwirsches.

Plötzlich starb Bitte-Anton. Und sobald der Neffe den Hof ganz übernommen hatte, wandelte er auf Freiersfüßen.

Gleich zu Beginn bekam er von Cecil ein Nein zu hören. Nun, Anton, der in Randers Dragoner gewesen war und von einem Kameraden Englisch gelernt hatte, sagte »Ool reit« und wandte sich mit der Pfeife im Mund den anderen Höfen zu. Doch bis zur äußersten Landspitze der Halbinsel bekam er nur ein Nein nach dem anderen zu hören. Dabei war er doch ein reicher Bursche.

Die Menschen in dieser Gegend unterschieden sich ein wenig von anderen. Die Halbinsel führt in den Fjord hinaus und endet als Sackgasse. Die beiden Familien, denen der größte Teil des Grund und Bodens gehörte, hatten dort seit alter Zeit gewohnt und waren durch so viele Generationen Verbindungen untereinander eingegangen, dass sie inzwischen eigentlich eine Familie waren, obwohl es zwei Familiennamen gab. Einige hießen Madsen mit Nachnamen, andere Byrgialsen. Diese Leute waren reich und höflich, sie sagten ihre Meinung nicht jedem gleich ins Gesicht, es waren stille und eigensinnige Menschen. Bisweilen verhielten sie sich allerdings auch wenig entgegenkommend.

Und der Familienzusammenhalt war auch dadurch nicht gefährdet, dass Anton in neumodischen Schuhen über die Schwelle trat. Keine der Töchter im heiratsfähigen Alter wollte ihn, und ihre Eltern nötigten sie nicht.

Dass Cecil ihn verschmäht hatte, lag allerdings nicht allein daran, dass sie ihn nicht leiden konnte – diesen Prahlhans! –, es gab noch einen weiteren Grund. Cecil war die Tochter von Jens Madsen, der in den Hügeln wohnte. Ein kleines Stück weiter nördlich lag der große Hof von Laust Byrgialsen. Sein Sohn Christen war Cecils Neffe, und die beiden waren insgeheim zufrieden miteinander. Vielleicht gab es kein erklärtes Einverständnis, doch Christen und Cecil hatten immer zusammengehalten. In der letzten Zeit vermieden sie es allerdings mit Bedacht, sich zu treffen, und das hatte etwas zu bedeuten.

Cecil war seit vielen Jahren in der ganzen Gegend wegen ihrer Schönheit berühmt. Sie war nicht mehr ganz jung, sie war vierundzwanzig, fünfundzwanzig Jahre alt, groß gewachsen, dunkelhaarig und hatte blaue Augen – diese intensive, emailleblaue Farbe, die auch Goethes Augen gehabt haben sollen. Wenn sie häkelte, ruhte ihr Kinn fast auf der Brust, und sie atmete laut und vernehmlich, als wollte sie all die Lebensfreude aus sich herauslassen, die in ihr steckte. Mitunter sprang sie auf, um über irgendetwas himmelhoch zu jauchzen oder vor Lebenslust zu sprudeln und zu explodieren. Dazwischen war sie allerdings eine kalte und etwas schroffe Natur.

Bevor Anton um Cecils Hand anhielt, hatte er bereits

mit verschiedenen Freunden darüber gesprochen und sie in seiner gewohnt großen Unbefangenheit zu einer Verlobungsfeier eingeladen. Doch als es so kam, wie es gekommen war, fuhr Anton mit einer Kutsche voller Burschen zum Fähranleger, und alle betranken sich, so gut sie konnten. Und je mehr abschlägige Antworten Anton auf den Höfen bekam, desto mehr Kaffeepunch trank er an der Fährstation. Den Leuten missfiel es allmählich. Und Cecil war tatsächlich die Schlimmste, wenn es darum ging, Anton zu verspotten; sie schonte ihn nicht, wenn die Rede auf ihn kam.

Doch es wurde noch schlimmer, als bekannt wurde, wie gut sich Cecil und Christen Byrgialsen verstanden. Anton fing nun an, systematisch zu trinken, und dann fuhr er mit seiner Kutsche, als hätte er den Verstand verloren. Die beiden Rotschimmel, die als Fohlen im Stall auf einer Schicht Gerstenhalm stehen durften und von Bitte-Anton nur mit Körnerfutter aufgezogen worden waren, zeigten bereits deutliche Spuren des Zaumzeugs an ihrer Vorderpartie. Anton erwarb sich keine Achtung mit dieser Lebensweise.

Dann geschah jedoch etwas an und für sich Unbedeutendes. Die Tochter eines Häuslers oben in den Hügeln gebar ein Kind und gab Christen Byrgialsen als Vater an. Er bekannte sich zu der Dummheit und versprach zu bezahlen. Die zehn Kronen im Monat belasteten Christen nicht sonderlich. Sehr viel mehr gab es zu der Sache nicht zu sagen. Da war Cecil allerdings anderer Ansicht! Am Sonntag, als Christen Jens Madsen besuchte, ohne irgendetwas Böses zu ahnen, begann Cecil, ihn zu beschimpfen und beleidigen. Sie fragte ihn unnachsichtig, ob er nicht bald heiraten wolle, sie spielte auf die Häuslertochter an und tat so, als würde sie das Mädchen und ihre Geschichte nicht kennen – sie sei ja durchaus ganz hübsch, aber was für Füße sie habe, und außerdem stinke sie doch schon von weitem nach Mist. Cecil lachte, sie war bleich vor Bosheit, als sie auf dem Tisch die Karten legte und den beiden die Zukunft vorhersagte, während die anderen in der Stube nicht wussten, ob sie lachen oder sonst was tun sollten. Es war der alte Kartenscherz, bei dem das Herzass die entscheidende Karte bei einer der Fragen ist, die gestellt werden.

Wo haben die beiden sich wohl getroffen? In der Diele, in der Stube, in der Kammer, im Bett oder unterm Bett?

»Unterm Bett!«, entschied Cecil, brach in schallendes Gelächter aus und brachte auch die anderen zum Lachen. Außerdem prophezeite Cecil – und nun herrschte atemlose Stille in der Stube –, dass sie in einer von Ratten gezogenen Schubkarre fahren und in einer Bretterhütte hausen würden. Wie würden ihr Zusammenleben wohl aussehen – würden sie sich küssen und streicheln oder sich kratzen und kneifen?

Christen Byrgialsen saß ungehalten auf der Bank und wand sich, als ihm diese Schmach zugemutet wurde. Und als Cecil endlich zufrieden war und ihn ein letztes Mal ausgelacht hatte, erhob er sich und ging.

»Du vergisst deine Handschuhe!«, rief Cecil ihm nach. »Du wirst ja wohl kaum ihre Achselhöhlen dabeihaben, um dich darin zu wärmen …«

Über diesen Auftritt wurde viel geredet, und er wurde unterschiedlich beurteilt.

Einige Zeit später traf es sich, dass Jens Madsen und Cecil in ihrem Sonntagsstaat zu Verwandten fuhren. Sie fuhren an der Fährstation vorbei, daher nahm Jens Madsen fünf Schweine mit, die er bei dieser Gelegenheit abliefern wollte.

Gerade als sie die Wirthaustür öffneten, kam Anton, der von Rückschlägen geprüfte Freier, schwankend heraus, erhitzt und aufgekratzt vom Schnaps. Als er Jens Madsen sah, der hinter seiner stattlichen Kutsche einen Schweinekarren zog, war das etwas für ihn:

»Willst du mit der Familie in die Stadt?«, fragte er hicksend. »Ich finde, deine Kinder sehen ziemlich nackt aus. Und quieken sie nicht auch?«

»Werd bloß nicht frech!«, erwiderte Jens Madsen leise und scharf.

Anton stieß in der Diele des Wirtshauses ein Gelächter aus, so laut wie der Knall einer Büchse. Dann stolperte er in den Stall und kroch auf seinen Kutschbock. Die Beine der beiden Rotschimmel bebten vor Angst.

»Lasst euch Zeit, ihr Gäule! Wollt ihr wohl stehen bleiben!«

Anton nahm die Zügel in die Hände. »So!« Er zog die Peitsche aus dem Spritzleder. Und dann ging es in schändlichem Tempo die Straße entlang.

Jens Madsen knirschte mit den Zähnen bei diesem Anblick.

Nun saß das linke Hinterrad von Antons Wagen schief oder locker, jedenfalls genügte es, um die Bewegungen des Rads bei der wilden Fahrt der Kutsche unerhört aussehen zu lassen. Das Rad lief mal nach innen, mal nach außen, rein und raus – wie ein hinkender Bettler, der eine Feuersbrunst nicht verpassen will.

Cecil, die noch nicht ins Wirtshaus gegangen war, fing an zu lachen, ja, sie krümmte sich regelrecht vor Lachen.

An der Kurve lief das unbändige Rad schließlich von der

Achse und rollte taumelnd in den Graben – und hu! Das gesamte Gefährt wurde regelrecht umgeblasen – Anton flog in hohem Bogen auf den Acker – und der Wagenkasten wurde auf die Seite geschleudert.

Jens Madsen, der sich rasch die Nase geschnäuzt hatte, zuckte zusammen – Großer Gott! – und rannte los.

Cecil lachte nur noch lauter – bis sie plötzlich Schmerzen verspürte und zur Tür wankte. Als sie sich wieder erholt hatte, lachte sie indes noch eine ganze Weile weiter.

Einige Minuten später trugen Jens Madsen und der Fährmann Anton, der auf den gefrorenen Boden gefallen und ohnmächtig geworden war, ins Wirtshaus. Und als Anton zu sich kam, schloss er seine Augen klugerweise sofort wieder und tat noch eine Weile so, als wäre er schwach und kraftlos – denn er lag mit dem Kopf auf Cecils Knien.

»Unmöglich, wie du durch die Gegend fliegst und fährst!«, sagte Cecil streng und missbilligend, als Anton endlich wieder zum Leben erwachte.

»Was du nicht sagst, Cecil«, murmelte Anton kleinlaut, »ich werde doch wohl noch meinen Kummer ertränken dürfen. Hin und wieder …«

Mehr wurde nicht gesagt. Jens Madsen wollte aufbrechen. Doch als Anton wieder bei Kräften war und Cecil und ihren Vater zum Wagen begleitete, baute sich Jens Madsen dicht vor ihm auf und erklärte ihm:

»An meinen Schweinen gibt es nichts auszusetzen, daher hast du mich auch nicht zu beleidigen, das will ich dir sagen. Und im Übrigen kannst du mich beim nächsten Mal …«

Jens Madsen sah ihn mit einem stechenden Blick an und lud Anton zu etwas weniger Ehrenvollem ein.

Dann fuhren Vater und Tochter davon.

In der folgenden Zeit besuchte Christen Byrgialsen Jens Madsen zweimal, um zu plaudern, und in der Hoffnung, wieder freundlich empfangen zu werden. Doch Cecil blieb in der Waschküche und wollte nicht mit ihm reden.

Und als Anton um Ostern erschien und zum zweiten Mal um ihre Hand anhielt, nüchtern und bescheiden, willigte sie ein.

Jens Madsen widersetzte sich. Im Frühjahr wurde indes die Verlobung bekanntgegeben und einen Monat später der Termin für die Hochzeit angesetzt. Wie immer hatte Jens Madsen seiner Tochter ihren Willen lassen müssen.

In der Nacht nach der Verlobungsfeier legten sich Anton und Cecil zusammen in Cecils Alkoven. So war es Brauch, und in Jens Madsens altem Haus wollte niemand am Überlieferten rütteln. Vornehmere Leute verhielten sich möglicherweise eher abwartend, aber das war deren Sache.

Acht Monate nach der Hochzeit bekam Cecil ihr erstes Kind. Als kleines Mädchen hatte Cecil Atemprobleme gehabt – beinahe so etwas wie Asthma –, nun spürte sie nichts mehr davon.

Am Hochzeitstag war Anton betrunken. Und seither verstrich immer mehr Zeit zwischen den Tagen, an denen er nüchtern war. Gleichzeitig ging es immer rücksichtsloser zu, wenn er auf dem Kutschbock saß; in weniger als einem Monat fuhr er zwei Pferden die Vorderbeine zuschanden. Zusammen mit Cecil kutschierte er beinahe täglich in wilder Jagd umher, und mehr als einmal kippte der Wagen um, es war eine Schande. Auch zeigte sich nun ernsthaft Antons brutales Wesen – bei Gelagen führte er sich so unbeherrscht auf, dass alle sich seinetwegen schämten. Er war wie ein Fass, dessen Spundzapfen man herausgezogen hatte, er prahlte über alle Maßen. Betagte Männer wurden rot und weiß vor Scham, dass er einer der ihren war. Es half jedoch, sich daran zu erinnern, woher er gekommen war, wenn Wohlstand und Besitz ihm so zu Kopf stiegen.

Und Cecil, die stolze und empfindliche Cecil, wie trug sie diese Schande – eigenartig! Sie schien ihren Mann geradezu aufzustacheln, als hätte sie den Wunsch, dass er sich selbst ruinierte; und da sie keinen anderen Ausweg hatte, flüchtete sie sich in Gelächter. Cecil akzeptierte, was er tat, und schlug Dinge vor, die noch unsinniger waren. Ja, natürlich. Das Allerwahnwitzigste.

Eines Vormittags jedoch, als Anton nach einem nächtlichen Sauf- und Spielgelage in der Kammer lag, ging Cecil zu ihm, und die Leute in der Stube hörten, dass sie zu reden begann. Was sie sagte, verstanden sie nicht, aber sie hörten, dass sie mit ihrem Mann ins Gericht ging, es fielen Worte so trocken und peitschend wie dünne Lederriemen. Lange prügelte und walkte die hasserfüllte Stimme ihn durch, dann hörte man einen heiseren Fluch und Lärm – einen gellenden Schrei – umfallende Stühle ...

Die jungen Leute wurden in der Gegend zu einem unerhörten Ereignis. Sie gingen mit ihrem Eigentum ebenso töricht um wie mit ihrem Ansehen. Sagte Anton sieben, schlug Cecil vierzehn vor, fuhr er wie ein Wahnsinniger, ließ sie die Zügel ganz los.

Bei einer Tombola in einem Nachbarort kaufte Anton Lose für über zweihundert Kronen. Es war ein herzzerreißender Auftritt. Er war betrunken, die Unterlippe hing ihm herab, Speichel lief ihm aus dem Mund, die Pfeife hinunter. Und Cecil stand in dem Gedränge an seiner Seite und kaufte ebenso schnell Nummern und Nieten wie ihr Mann. Sie gewann ein Paar Holzstiefel und führte sich aus diesem Grund übertrieben munter auf. Kalter Schweiß stand ihr im Gesicht, aber sie wollte nicht aufhören. Um sie herum standen Bekannte, die aus Sorge um sie beinahe weinten. Doch konnte sie ihre Ehre offenbar anders nicht retten. Dennoch war es ein bitterer, trauriger Anblick.

Nachdem sie eine schwindelerregende Summe verloren hatten, stiegen sie auf ihren Wagen. Das gewonnene Sammelsurium wurde hinten im Wagen gestapelt, doch Anton beförderte es mit einem Tritt zurück auf die Erde. Dann griff er nach den Zügeln. Die Pferde zitterten.

Die Straße entlang! Wie auf Schienen, so rasend schnell, scharf und eng fuhr Anton. Als säße Satan persönlich auf dem Bock. Die Fensterscheiben der Häuser, an denen sie vorbeikamen, klirrten. Cecil saß in einem schwarzen, mit Perlen verzierten Mantel an der Seite ihres Mannes, niemand hätte in ihrem verschlossenen Gesicht etwas lesen können.

In trauter Gemeinschaft verschleuderten Anton und Cecil den großen, schuldenfreien Hof in anderthalb Jahren! Es war kaum zu fassen, aber so war es nun einmal. Und es sprach sich herum. Zu der Auktion kamen auch Leute aus Salling.

Nun saßen sie seit einiger Zeit auf einem Halbhof, und Cecil bekam ihr drittes Kind.

Anton trank, man konnte meinen, er wäre vollkommen verrückt geworden. Er schien sich selbst ein Ende setzen zu wollen. Als würde er, so schnell er konnte, durch die Dunkelheit rennen, weil irgendjemand ihn aus irgendeinem Loch gerufen hatte. Antons Haare standen wirr zu Berge, so war es von Natur aus, da er aber nun auch noch rote Augen hatte, sah er tatsächlich aus wie jemand, der von einer übernatürlichen Macht aufgesogen wurde. Ganz offensichtlich rief ihn sein Vater.

Als sie den Halbhof aufgeben mussten, verließ Anton Frau und Kinder und ging nach Skive. Dort verdingte er sich zunächst als Hafenarbeiter, dann sank er noch tiefer und wurde Tagelöhner bei der Eisenbahn. Für Cecil, die nun mit den Kindern zu Hause bei ihrem alten Vater saß, war es eine kaum zu ertragende Schande. Und Anton machte es nur noch schlimmer, denn in Skive lebte er obendrein in wilder Ehe mit einer Frau.

Niemand wurde aus Cecil klug. Kam man in aller Güte und wollte ihr etwas Gutes tun, indem man sich über ihren Mann beklagte, diesen erbärmlichen Lumpen, bekam man so etwas wie eine Ohrfeige – mit einem bösen Blick versetzte sie dem Besucher einen Schlag mitten auf die Stirn. Bedauerte man sie jedoch, stimmte sie ein Gelächter an, das gewöhnlichen Menschen durch Mark und Bein gehen konnte.

Eines Tages kam Anton zurück. Er war nüchtern. Das hatte allerdings nicht viel zu bedeuten. Der Mann war noch keine dreißig Jahre alt, ähnelte jedoch einer Wasserleiche, so dick und aufgeschwemmt war er vom Suff; sein Gesicht sah aus, als hätten ihn die Fische angenagt. Anton spielte mit den Kindern und weinte gebührend.

Als Jens Madsen sich am darauffolgenden Tag jedoch energisch räusperte und der Tochter erklärte, dass er sie nicht beide im Haus haben wollte – tja, da erwiderte Cecil nichts. Vierzehn Tage später zog sie aus, in ein Haus in den Hügeln. Hier begann sie zu weben, um ihr Auskommen zu verdienen. Sie nahm ihren Mann mit und gab ihm an Flüssigem, was er brauchte. Zu viel mehr war Anton nicht zu gebrauchen. So erging es der großherzigen und in allen

Dingen so genauen Cecil, so hatte sie geheiratet und so wollte sie leben, egal, was die Leute sagten.

Cecil wusste sicher nicht, wie alles gekommen war, ihr eigensinniges Herz kannte sein eigenes Gesetz nicht. Cecil wusste nicht einmal, dass sie sich widersetzt hatte und sich auch künftig ihr ganzes Leben lang widersetzen würde, ohne jedes Glück und gegen jede Vernunft. Sie dachte nicht daran, dass die Menschen nur *ein* Leben haben, sie war nicht sonderlich klarsichtig, und sie verstand nichts. Aber verstand jemand sie?

Und die Zeit verging.

Cecil webte. Ihre Leinwand genoss einen guten Ruf, der Durchschuss war fest und dicht.

SONNTAGMORGEN

Sobald die Sonne aufgeht, kommen die Lerchen vom Himmel; hoch oben hingen sie, um nach den ersten morgendlichen Strahlen Ausschau zu halten. Kurz darauf ist überall das Trompeten mürrischer Hähne zu hören. In den Dörfern erwachen die Menschen und sehen, dass wieder ein heller und frischer Tag angebrochen ist, während sie geschlafen haben. Über die kopfsteingepflasterten Hofplätze klappern die Holzschuhe, und meilenweit sind die Geräusche der Blecheimer und das schmerzhafte Au-au der quietschenden Brunnenwinden von Hof zu Hof zu hören.

Eine Stunde später hat der zum Leben erwachte Tag alle nahen und fernen Geräusche in seiner Mühle zusammengeschüttet, und niemand hört ihnen mehr zu.

Vor dem Haus des Tierarztes in Kjeldby wartete ein Knecht mit einem jungen Hengst. Nach einer Weile kam ein weiterer Knecht mit zwei kleinen Fohlen den Moorweg hinauf. Er blieb ebenfalls vor der Tür stehen. Die beiden Burschen sahen sich einige Minuten unverwandt und nachdenklich an.

»Bei wem bist'n du Knecht?«, fragte der zuletzt Gekommene schließlich und schien erleichtert zu sein, es gefragt zu haben.

»Ich arbeit bei Graves in Svendsild«, antwortete der andere leise. Er wandte sich dem jungen Hengst zu und strich ihm über die zweigeteilte feine Rundung der Kuppe.

»Dann ist das wohl seins …«

»Ja.«

Lange sagte keiner der beiden ein Wort. Einer der Knechte fuhr mit den Fingern durch den weißlichen Flaum, der ihm auf den Wangen spross. In ihm wuchs eine Frage. Dabei blickte er auf den Pfeifenstiel, der dem anderen Knecht aus der Brusttasche ragte.

»Was soll die Pfeife denn kosten?«, fragte er endlich. Es war eine freundliche Annäherung.

»Die ist nicht zu verkaufen.«

Nun hatten sie sich nichts mehr zu sagen, obgleich beide durchaus bereitwillig und interessiert schienen. Also hielten sie einfach nur ihre Fohlen fest und traten hin und wieder von einem Bein aufs andere. Die Tiere taten das Gleiche.

Nach einer Weile ging die Tür zur Praxis des Tierarztes auf, sie knarrte lange, ehe sie zur Ruhe kam. Drinnen war es blau vor Tabakrauch, durch den Dunst ließen sich in einem Regal Buchrücken erkennen. Der Lärm von Holzschuhen war zu hören, dann kamen zwei Bauern heraus, die sich aus reiner Gewohnheit an der Tür bückten, obwohl sie mehr als hoch genug war. Es handelte sich um Graves aus Svendsild und den alten Kren, den Schmied, beides Hofbesitzer. Sie schienen fidel und bester Laune zu sein.

»So, jetzt brauchen wir aber ein paar Mann«, erklärte Tierarzt Elle und blickte über die Straße. »Kaj, lauf zum Schuster-Anton und zu Laust. Wie viele sind wir? Ach ja, und sieh zu, dass du Frederik Just auch Bescheid gibst.«

Kaj lief los, die Absatzeisen seiner Stiefel blitzten in der Luft.

Graves pflückte einen langen Grashalm ab und zog ihn durch das Mundstück seiner Pfeife, vor Tabaksoße fettig glänzend kam der Halm wieder zum Vorschein.

»Jetzt zieht sie wieder!«, erklärte er vergnügt, nachdem er die Pfeife zusammengesetzt hatte. Kren der Schmied stand bei seinen Fohlen und blickte nachdenklich auf die Straße. Kaj kam außer Atem zurück und fing an, aus der Diele Stricke und Ledergurte heranzuschleppen. Schließlich brachte er die Kiste mit den Zangen und den anderen Dingen, in der er pflichteifrig und versiert herumkramte. Frederik Just schlenderte heran, noch ungewaschen und in geflickten Kleidern.

»Na, sind *die* jetzt dran?«, erkundigte er sich munter und betrachtete die Fohlen, die auf der Stelle tänzelten und das Weiße in ihren Augen sehen ließen.

»Tja, jetzt dauert's nicht mehr lange«, erwiderte Graves verschmitzt.

Kren der Schmied lächelte still vor sich hin. Die beiden Einjährigen gehörten ihm.

»Verdammt schöner Hengst!«, rief Frederik Just und betrachtete prüfend Graves' rotes Jungtier.

Graves zog die Nase hoch – grübelnd –, dann spuckte er aus.

»Ja, ist nicht übel.«

Schuster-Anton tauchte in seinem Schurzfell und mit pechverschmierten Fingern auf.

»Willst du ihn nicht lieber zur Zucht behalten?«, fragte Frederik Just ernst.

Graves wusste nicht recht … doch dann besann er sich …

Als auch Laust schließlich erschienen war, brach man zu einem kleinen, ausgetrockneten Teich am Ende der Straße auf. Kaj ging vorweg, verantwortungsbewusst und schwer beladen trug er das »Werkzeug«.

Einer der Einjährigen kam als Erster dran, die beiden

anderen Tiere wurden auf dem Feld angepflockt. Kaj suchte den Boden der Wiese nach Steinen ab und warf sie weit fort. Die Männer legten ihre Pfeifen ins vom Tau noch feuchte Gras.

»Er ist ziemlich geduldig«, erklärte Kren der Schmied, als der Tierarzt dem kleinen, zottigen Fohlen den Ledergurt über den Rücken legte. Das Tier begann zu beben.

»Na ja, er sträubt sich ein bisschen«, sagte Kren. »Ruhig! Aber das hat nichts zu bedeuten. Bleib stehen!« Er fuhr dem Fohlen beruhigend mit den Handknöcheln übers Maul.

»Ist ja eigentlich auch nicht verwunderlich«, meinte Frederik Just. »He! So was zu erleben. Tja, mein Freund, es wird nicht lange dauern.«

»Hatschi!« Kren wischte sich mit dem Handrücken über die Nase. Kaj sprang mit einem Seil herum, das Fohlen sollte in eine Schlinge treten, die er in das Seil geknotet hatte.

»Los jetzt! Weiter!«, forderte Kren der Schmied sie auf.

Endlich saßen alle Seile und Schnallen an den richtigen Stellen. Tierarzt Elle richtete sich auf und rückte seine Brille zurecht.

»Jetzt braucht's noch einen starken Mann am Kopf!«

Die Männer blickten zu Boden. Keiner rührte sich. Dann einigten sie sich stillschweigend, und schließlich stand Graves aus Svendsild am Kopf des Fohlens und packte die Holztrense.

»Und einer an den Schwanz!«

Das übernahm Schuster-Anton. Die Übrigen griffen nach den Stricken. Das Fohlen zitterte in seinen Fesseln und schnaubte. Die Nüstern blähten und zogen sich wieder zusammen.

»Nicht, bevor ich es sage!« Der Tierarzt hob ein Vorderbein am Haarbüschel des Fesselgelenks und zog das Seil stramm.

»Zieht!«

Die Männer zogen, dass die Holzschuhe sich tief in den Wiesengrund gruben. Das Fohlen verlor den Halt und fiel, es gluckste in seinem Bauch, ein klägliches Geräusch entstieg dem Hals. Graves lag der Länge nach auf der Erde und drückte mit seinem schweren Oberkörper den Kopf auf den Boden. Dann band der Tierarzt die Stricke fest. »Nachlassen! Rasch!« – fast war es geschafft. Das Fohlen streckte seinen weißgelben Bauch in die Luft, das feine Fell spannte sich zwischen den Beinen. Kaj holte mit geübter Geschäftigkeit die Kiste, und Tierarzt Elle zog das Messer aus der Westentasche.

Graves lag am Kopf auf den Knien und beugte sich vor, um zuzusehen. Die anderen standen an den Seilenden. Frederik Just assistierte mit Zange und Bindfaden.

Nachsichtige Heiterkeit verbreitete sich unter den Männern. Witze, deren Zeit längst abgelaufen war, wurden noch einmal erzählt. Kren der Schmied schnäuzte sich vorsichtig und wischte sich anschließend die Nase ab. Hektor, der Hund des Tierarztes, saß hinter dessen Rücken und behielt ihn im Auge. Der Tierarzt warf, ohne sich umzudrehen, und Hektor war zur Stelle – happs!

»Der hat Übung«, sagte Graves.

»Das war sein Frühstück«, erwiderte Frederik Just.

Graves lachte. Sein Gelächter klang, als würde die Luft aus ihm herausgepresst – wie bei einem Kind, das bei Keuchhusten in Atemnot gerät.

Oben an der Straße kam ein Wagen vorbei; Menschen auf dem Weg in die Stadt. Die dicken Stuten trabten gemächlich, hinter ihnen stieg eine Staubwolke auf. Auf dem Feld fing Graves' roter Zweijähriger an zu tänzeln, er hob den Kopf und verdrehte die großen, kecken Augen, die Ohren klappten nach vorn. Dann drehte er sich einmal um die eigene Achse und wieherte beherzt. Solange die Kutsche in Sicht war, stand er mit gerecktem Hals und hoch erhobenem Kopf da.

Tierarzt Elle war fertig. Kaj stellte den Wassereimer neben ihn ins Gras; um das Fohlen räumte man alles beiseite, dann wurden die Seile gelöst. Das Tier blieb schnaubend liegen, alle viere von sich gestreckt.

»He! Willst du nicht aufstehen!« Kren der Schmied zog das Fohlen am Schwanz und tippte ihm mit der Holzschuhspitze ans Hüftbein.

»Dann müssen wir wohl Richtfest feiern!«, sagte Frederik Just. Ein bekannter, altbewährter Witz, der immer wieder funktionierte.

Schließlich sprang das Fohlen auf, schüttelte sich und drehte sofort den Hals nach hinten, um festzustellen, woher der Schmerz kam. Kren der Schmied zog es mit sich, das Hinterteil war ein wenig steif.

»Jetzt lässt er aber die Ohren hängen!«, rief Frederik Just triumphierend.

Nun musste das Fohlen bewegt werden, es durfte sich auf keinen Fall hinlegen. Kaj streckte den Arm aus, und Kren überließ ihm den Strick. Kaj marschierte los, der aufgerollte Weidestrick baumelte ihm zwischen den kurzen Beinen. Das Fohlen folgte ihm mit gesenktem Kopf.

Dann kam Krens zweites Füllen an die Reihe, es war in einer Viertelstunde überstanden.

»Die drei Kronen sind eigentlich leicht verdientes Geld«, meinte Graves, der Schelm. Es war ein Scherz, der

Schmied hielt es dennoch für angebracht, etwas einzuwenden.

»Ja … wenn man's gelernt hat«, widersprach er leise.

Man verschnaufte eine Weile, ehe man sich dem Roten widmete. Oben an der Straße tauchten kleine Kinder in rot karierten Schürzen auf, sie liefen zu Kaj, um mit ihm zu schwatzen. Die Kirchenglocke begann zu läuten, es war ein kummervoller Klang. Zwei Frauen mit schwarzen Seidenkopftüchern kamen die Straße entlang; die Sonne schien auf die Taschentücher, mit denen sie ihre Gesangbücher hielten. Es war ein schöner, stiller Morgen; ein kaum spürbarer Luftzug glitt über die Gesichter, noch kühl vom Tau, der auf den Feldern verflog, und klar wie Wein.

Kaj zog das zweite ihm anvertraute Fohlen auf das Brachfeld. Das Tier schnupperte verzagt an den Grasbüscheln und ließ die Unterlippe hängen.

Nun war der Rote an die Reihe, er folgte Graves in kurzem Trab hinunter zum Teich; die Wölbungen der Kuppe gingen auf und nieder, die Mähne wogte. Es war schwer, ihn zu bändigen. Graves musste sich fast auf den Kopf des Pferdes stellen, um den Hals des Tieres auf die Erde zu zwingen.

»Seltsam, dass Jens Jørgensen mit seinen beiden nicht kommt«, sagte Graves nach langem Schweigen.

»Er will bis zum Herbst warten«, ertönte Krens Altmännerfalsett, »Geld haben sie ja kaum …«

»Merkwürdig. Der Mann hat doch genug Futter, so genau müsste er's doch nicht nehmen. – Ich habe ihm auf dem Markt seine beiden Ochsen abgekauft.«

»Du hast die Ochsen gekauft? Verkauft er etwa seinen Hof, der Jens – was hat er vor? Gestern Morgen hat er den braunen Klepper verkauft, nach Alsted.«

»Ach ja? Und ich weiß nicht, wem ich meine Rote anbieten soll, also die Mutter von dem hier.«

»Hast du denn vor, sie loszuwerden?«

»Ja, zum Arbeiten hab ich doch jetzt die Ochsen.«

Das Gespräch war beendet. Der Tierarzt hatte seine Arbeit erledigt, und Kaj bekam auch den Roten, um ihn zu bewegen. Schuster-Anton rollte die Seile auf, und Frederik Just, der ihm half, knüpfte heimlich eine Schlinge, die er ihm um den Hals warf.

»He, Anton, mein Junge, komm her, jetzt werfen wir dich auf den Boden, dann hat's ein Ende mit deiner Überheblichkeit. Kommt schon, bringen wir ihn zu Fall!«

Laust ließ ein durchdringendes Lachen hören, und die beiden Bauern warfen dem Spaßmacher einen amüsierten Blick zu. Nur Anton fand den Spaß gar nicht komisch.

Jetzt wollte man ins Wirtshaus, um sich ein Glas zu genehmigen.

»Der Bengel wird ja wohl aufpassen?« Graves sah sich nach Kaj um.

Ja, die Fohlen durften sich nicht hinlegen. Auf dem Weg zum Wirtshaus erzählte Tierarzt Elle von einem Füllen, dem es gelungen war; es hatte sich mit den Zähnen so verletzt, dass es getötet werden musste.

»So, so!«, sagte der alte Kren erschüttert. »Was Sie nicht sagen. Was für ein Unglück. Mein Gott!«

Zeit fürs Wirtshaus, Bierflaschen wurde gebracht. Kling, kling, sie tranken direkt aus der Flasche. Schuster-Antons Adamsapfel ging auf und nieder, als er das Bier hinuntergurgelte. Nachdem sie getrunken hatten, stellten sie die Flaschen auf den Tisch, einer nach dem anderen rülpste. Pfeifen wurden aus den Taschen gezogen. Graves nahm die Hälfte des schweren hölzernen Pfeifenkopfes in den

Mund, um auf diese Weise das vor Tabaksaft tropfende Mundstück zu vermeiden, als er die Asche auf den Boden pustete.

»Tja, eigentlich ist's ja ganz schön …«, begann Kren der Schmied lange danach mit seiner hohen, dünnen Stimme – dabei sah er aus, als erinnerte er sich an seltsame und tiefsinnige Dinge.

Tierarzt Elle fuhr sich mit seiner breiten, weißen Hand über den Mund und den Bart.

Langsam wanderte das Schweigen durch die Schankstube. Unter dem Fußboden tropfte im Keller ein undichter Hahn – pitsch, pitsch – in einen Zuber. Draußen auf den Pflastersteinen hüpften die Spatzen; einer wagte sich bis auf die Türschwelle – wwwit! Und fort war er.

»Tja«, sagte Tierarzt Elle und stemmte die Hände auf die Knie.

Schweigen.

Graves stopfte noch immer die Pfeife, sein breiter, glatt rasierter Mund lächelte freundlich – »Sicher hat das alles seine Richtigkeit«, was auch immer es war …

Sie alle befanden sich in der gleichen unangenehmen Situation – gern hätten sie sich etwas mitgeteilt, doch es mangelte ihnen an der Fähigkeit.

Endlich wandte sich Kren der Schmied an Graves:

»Hast du deinen Hafer schon ausgesät?«

»Nein, noch nicht.«

»Der Roggen steht gut dieses Jahr«, meldete sich Schuster-Anton vernehmlich und erleichtert.

»Ja, ist wirklich gewaltig!«, stimmte Graves lebhaft zu. »Sieht so aus, als bekämen wir ein richtig gutes Roggenjahr. Aber ein winziger Tropfen Regen könnte nun auch nicht schaden.«

»Der Tau!«, sagte Kren der Schmied. »Nachts fällt viel Tau – sonst wäre der Boden ja bald eine Kruste …«

Kaj ging mit den drei betrübten Pferden auf der Straße vorbei, sie ließen die Köpfe hängen und zogen ab und an am Strick, um sich umzusehen. Die Spatzen stoben vom Pflaster auf und flogen aufs Feld.

»Ist schon nicht leicht mit den Tieren«, bemerkte Graves und lächelte breit. »Die sind klug.«

»Ja, die haben durchaus Verstand.« Auch Frederik Just brachte sein Vertrauen in die geistigen Fähigkeiten von Tieren zum Ausdruck.

»Sie wissen genau, wann sie krank sind. Wie in dem Jahr – ich muss gerade daran denken –, als ich eine Stute verlor. Der Tierarzt war da und hat sie versorgt …«

Graves kniff seine freundlichen Augen zusammen, sein breites Gesicht strahlte vor guter Laune.

»Aber sie hat's nicht überlebt. Sie stand mit dem Fohlen im Stall, und man sah ihr einfach an, dass sie es wusste, das war nicht schwer zu erkennen. Ja, sie hatte so einen sonderbaren Blick. Oh, wie sie das Fohlen angesehen hat, regelrecht mitleidig. Der Frau kamen die Tränen. Es war aber auch ein richtig guter Gaul. Zum Glück war sie versichert. Ja, und wie sie um Atem gerungen hat, sie hat geseufzt, genau wie ein Mensch.«

Graves zog an seiner Pfeife und klappte den Deckel zu.

»Ja, das ist nicht unmöglich«, sagte Kren der Schmied sehr leise. »Mein Großvater wusste auch von zwei Stuten zu erzählen – das ist jetzt verdammt lange her –, die seinem Nachbar gehörten. Die Franzosen hatten sie ihm weggenommen. Beide Stuten hatten Fohlen. Der Mann war verzweifelt, denn es waren zwei ziemlich gute Pferde. Aber drei Tage später kamen beide tatsächlich wieder auf den Hof gerannt – der Franzmann hatte nicht richtig auf sie aufgepasst. Sie haben gewiehert, als sie auf den Hof liefen, und die Fohlen im Stall haben geantwortet. Das war vielleicht eine Freude …«

Kren der Schmied senkte den Kopf und spuckte knapp an der Tischkante vorbei.

»Aber mit den beiden braven Gäulen hatte es ein jämmerliches Ende – das hat mein Großvater auch erzählt. Als der Knecht sie am Teich tränken wollte, sind sie durchgegangen – vermutlich hatten sie Angst vor einem Bremsenstich. Es ist aber auch möglich, dass sie zu weit im Wasser gestanden haben. Jedenfalls haben sie nicht mehr pariert und sind zu tief ins Wasser gelaufen. Tja, der Teich war voller Schlamm und Schlick, also blieben sie stecken. Und der Knecht ist mit ihnen ertrunken. Oh ja – eine üble Geschichte.«

Kren der Schmied atmete tief durch und drehte Däumchen. Seine hellen Greisenaugen blickten starr vor sich hin … zurück in verschwundene Zeiten.

Dann fiel sein Blick auf den Tierarzt, und Kren zog einen Leinenbeutel aus der Tasche.

Graves folgte seinem Beispiel, die Bezahlung wurde schweigend erledigt. Kurz darauf sage Kren der Schmied so ganz nebenbei:

»Ich hab da übrigens eine Färse, die wegen einer Entzündung ein klein wenig lahmt – nicht dass es etwas zu bedeuten hätte –, aber vielleicht kann der Tierarzt mir ja einen Rat geben …«

Kren bekam seinen Rat, dann wurde er unruhig, er fummelte an der Flasche herum und räusperte sich.

»Ja, die Preußen waren auch ganz scharf auf Pferde«, nahm Graves den Faden wieder auf. »Ich erinnere mich noch genau, wie sie damals kamen. Ich war ja zu der Zeit noch ein kleiner Bengel. Mein Vater und ich, wir standen oben an der Hecke vom Gemüsegarten, und im Norden konnten wir hinter Alsgaard ein kleines Stück von der Straße nach Aalborg sehen – sie führte über einen Hügel und war gut eine Meile entfernt. Am frühen Vormittag kamen sie anmarschiert, sie kamen dicht an dicht wie die Ameisen, über die ganze Breite der Landstraße. Sie wirbelten Staub auf, und wir sahen ihre Bajonette und Säbel blitzen. Wir konnten nur dieses kleine Stück Straße über den Hügel sehen und haben überhaupt nichts gehört. Aber sie sind bis zum späten Nachmittag weiter über den Hügel gezogen – wir sind zwischendrin hingelaufen und haben es uns angesehen –, es kamen immer mehr. So gegen vier stieg mein Vater vom Zaun und hat angefangen zu weinen. Denn Per, mein älterer Bruder – ja, der letztes Jahr im Frühjahr gestorben ist –, war doch oben in Vendsyssel Soldat, und dorthin sind doch die ganzen Preußen gezogen. Wir wussten wirklich nicht, wo wir die Gäule verstecken sollten, sie wurden uns dann ja auch weggenommen. Wir haben nie wieder was von ihnen gehört.«

Graves lächelte gedankenverloren und schüttete Tabaksoße aus der Pfeife auf den Fußboden.

»Tja, Tiere sind nun mal klug«, sagte er mit Nachdruck. »Und dann diese Sache im Spätherbst – das war wirklich eigenartig. Ich war bei der Mühle in Ejdrup, es war spät, weil wir den ganzen Tag gepflügt hatten, ich bekam die Zossen nicht früher. Es waren die beiden Braunen – eigentlich waren es nicht mehr als ein paar Tonnen geschroteter Roggen, den wir holen wollten. Aber als wir nach Hause fuhren, wurde es so stockfinster, wie ich es noch nie erlebt habe … Augenblick, ich muss mir mal die Pfeife stopfen.«

Graves stopfte und dachte nach – man sah es in seinem Gesicht –, und alle sahen ihn erwartungsvoll an.

»Na ja, eigentlich war alles ganz normal. Ich hatte mir ein bisschen Zeit gelassen, aber als ich nach draußen kam, fiel das Licht der Mühlenfenster direkt in die pure Finsternis – ich konnte die Hand vor Augen nicht sehen, so duster war's. Tja, ich kam auf den Wagen, aber zunächst konnte ich nicht mal die Pferde erkennen. Die beiden Braunen blieben aber genau auf der Straße, auf sie konnte ich mich verlassen. Allmählich gewöhnten sich meine Augen an die Dunkelheit – ich konnte wieder etwas unterscheiden. Soweit ging's gut. Aber ihr kennt doch den Hügel bei Vilsom, da geht's ja ganz schön steil bergauf, vor dem war mir ein bisschen bange. Ich hab die Zügel fest angezogen, als wir dorthin kamen, und die beiden Braunen sind auch ordentlich gelaufen.«

Graves hob die Stimme.

»Aber als ich so ungefähr die Hälfte des Hügels hinter mir hatte und mich mal umsehen wollte – ja, das stimmt, ob ihr's glaubt oder nicht –, da fuhren wir *rückwärts*.«

»Hollala!«, sagte Kren der Schmied besorgt und blickte mit seinen alten Augen auf.

Tierarzt Elle rückte seine Brille zurecht, als würde er schärfer sehen wollen.

»Ja, es ist wahr. Und ich gebe gern zu, dass ich eine gewaltige Angst hatte. Als ich im Wagen aufstand, schlotterten mir die Knie. Ich sah auf die Erde, ich konnte nichts sehen, ich sah auf die Pferde, sie trabten ganz gleichmäßig und stießen mit den Fesseln gegen die Deichsel, weil sie dagenhalten mussten, aber ich hatte das Gefühl, als würden wir rückwärts fahren – den Hügel hinauf! Eiskalt wurde mir im Gesicht. Und dann plötzlich wurden die Gäule nervös, ich spürte, dass sie anfingen zu zittern. Da bekam ich es wirklich mit der Angst zu tun. Nun muss ich sagen, dass ich durchaus unbeherrscht reagieren kann, wenn mir irgendwas in die Quere kommt, aber das hier war unbegreiflich. Ich wurde wütend, ich griff nach der Peitsche und schlug auf die Tiere ein, ich stand aufrecht im Wagen, und wir fuhren in gestrecktem Galopp den Hügel hinunter. Die Säcke rutschten mir über den Wagenboden in die Hacken. Ich war vollkommen außer mir, denn wir fuhren im Galopp, zum Donnerwetter, und noch immer rückwärts. Als wir aber den Fuß des Hügels erreichten, sah ich mit einem Mal einen weiß gekalkten Wegweiser aus Stein, der uns geradezu entgegengeflogen kam – ich konnte gerade noch einen Blick darauf werfen –, und plötzlich war alles wieder in Ordnung, wir fuhren vorwärts, wie es sich gehört. Ich hielt an und stieg vom Wagen, meine Knie zitterten. Und die beiden Braunen standen mit bebenden Flanken da und schnaubten. Ich habe sie den Rest des Weges nach Hause gezogen. Eine eigenartige Geschichte, nicht wahr? Ich weiß nicht, was es mit diesem Rückwärtsfahren auf sich hat, aber es gibt noch andere Leute, die das Gleiche erzählt haben. Und ich weiß, dass die Biester außer sich waren, denn sie konnten meine Angst spüren, da bin ich sicher. Denn eigentlich glaub ich nicht an was Unnatürliches.«

»Hm! Hm«, räusperte sich Kren der Schmied wie jemand, der sich seinen Teil denkt.

Es wurde wieder still. Graves trank sein Bier aus und schüttete die Neige auf den Boden.

»So, unsereiner muss nun zusehen, dass er sich mit dem Roten nach Hause aufmacht.«

Kaj stand mit den jungen Wallachen vor dem Wirtshaus. Als er den Roten ablieferte, lächelte Graves wie die Sonne über das ganze Gesicht. Kurz darauf breitete sich auch auf Kajs Gesicht ein Lächeln aus, er hatte seinen blanken Lohn bekommen.

Dann zog Graves mit seinem Pferd davon.

Kren der Schmied kam aus dem Kutschstall und wollte ebenfalls aufbrechen. Kaj gab ihm die Stricke und versuchte, Kren in die Augen zu schauen. Aber der kleine trockene Alte wandte den Blick ab und sah weit über Kaj hinaus zur Kirche von Jemdrup, die wie ein weißer Kalksprengsel mitten auf der von der Sonne beschienenen Anhöhe stand.

»Vielen Dank auch.«

Kren der Schmied stapfte mit den beiden zottigen und steifbeinigen Fohlen die Straße hinunter. Die Holzschuhe klapperten, über die ausgeblichenen Jackenschultern zog Tabakrauch.

Auf der Straße sah man Menschen aus der Kirche kommen, sie bewegten sich langsam in ihren schwarzen Kleidern. Es staubte ein wenig, die Sonne schien hell und blendend.

DER JÄGER AUS LINDBY

Im Norden von Jütland lebte ein Mensch, der die Tiefe
der Natur und der Zeiten in sich trug, ohne es zu wissen;
ein Mann, der sein Leben lang glaubte, aus freiem Willen
zu handeln und zu urteilen. Und doch trug er eines der
Schicksalsmale Pans auf der Stirn.

Die Kinder entdeckten es mit ihrem sicheren Instinkt,
sie spürten die urzeitliche Verwandtschaft und ahnten,
wenn ein erwachsener Mensch ihnen ebenbürtig war. Als
der Jäger aus Lindby zum ersten Mal in den Ort kam,
wurde er sofort von den Kindern umringt. Er kam nicht
die Straße entlang wie andere Leute, die möglicherweise
stehen bleiben, die Kinder ungezogen nennen und sich
erkundigen, ob sie auch ihre Bibelgeschichten gelernt haben. Er tauchte auf dem Feld auf und sprang mit einem
Satz über den Graben. Da wussten sie Bescheid. Außerdem hatte er eine doppelläufige Büchse in der Hand und
trug eine Tasche aus Otterfell an der Seite. Er hatte sehr
breite Schultern, einen kurzen Hals und einen gewaltigen
Schädel mit weißem, kurz geschnittenem Haar. Sein bart-
loses Gesicht ähnelte Renan, man hatte sofort Vertrauen
zu ihm. Der Jäger aus Lindby erzählte ganz frei heraus von
seinem Hund, und die Kinder durften gern das Pulver-
horn und die Büchse anfassen.

Der Mann setzte sich an den Rand des Straßengrabens
und unterhielt sich vernünftig mit den Jungen; während-

dessen zogen die ein totes Rebhuhn aus seiner Tasche, befühlten dessen Brustbein und schoben mit den Fingerspitzen die Augenlider über den gebrochenen kleinen braunen Augen zurück. »Seht mal, es macht seine Augen von unten zu.« Wie sie den toten Vogel auch drehten, Kopf und Hals hingen immer herunter. Es war ein wirklich trauriger Anblick.

Mit der Zeit wurde der Jäger aus Lindby zu einer dieser sonderbaren Ahasverus-Gestalten, die mal in der Gegend auftauchten und dann wieder verschwanden.

Irgendwann wussten die Jungen, dass der Jäger aus Lindby im Dorf war, und sie begrüßten ihren Freund, als hätten sie ihn erst vor einer Stunde gesehen. Dann konnten Monate vergehen, ohne dass sie an ihn dachten. Und plötzlich war er wieder da. Der endlose Stillstand der Zeit, die Rätselhaftigkeit des Unbekannten umgaben ihn.

Der Jäger aus Lindby führte ein heimatloses Wanderleben und verdiente seinen Lebensunterhalt durch Jagd und Fischfang. Seltsam war, dass seine Eltern ganz gewöhnliche, einfache Bauern gewesen waren. Das wussten die Menschen und betrachteten die Sache daher von ihrer finanziellen Seite. Wer wusste denn schon, was er auf diese Weise verdiente, vielleicht hatte er sich ja für den besseren Teil entschieden? Jedenfalls gehörte er letztendlich zu ihnen. Das Urteil wäre sicher anders ausgefallen, hätte der Jäger aus Lindby eine Familie von Städtern oder Zigeunern als Vorfahren gehabt. Abgesehen von seinem Gewerbe ging der Jäger aus Lindby zwei Vorlieben nach, dem Kartenspiel und Prügeleien, und in beiden Fällen wandte er insgeheim unredliche Tricks an.

Eines Tages fand im Dorf eine Auktion statt. Ein Hausstand wurde aufgelöst, und alles, was irgendjemand gesammelt und gehortet hatte, sollte nun verkauft und in alle Winde zerstreut werden.

Bei einer derartigen Gelegenheit überkommt die Menschen häufig eine heitere Feststimmung, sie stecken die Nasen in tiefe Kästen mit Plunder und kommen dabei auf allerlei Gedanken, die ihnen den Grind von der Seele lösen. Greise Altenteiler werden wieder munter, schwermütige Männer benehmen sich wie einst. Vor allem wenn ein bisschen Alkohol im Spiel ist. Und an diesem Tag kam außerdem Pan in der Gestalt des Jägers aus Lindby dazu.

Die Kinder krochen überall herum, die Nasen voller Mottenstaub aus dem alten Hausrat. Ein Sofa, das vierzig Jahre mit der Rückseite an der Wand gestanden hatte, fand sich nun kläglich preisgegeben auf einer leeren Wiese wieder. Es kam einer Entdeckungsreise gleich, sich die von Würmern zerfressene Rückseite genau anzusehen und die Hände zwischen die Federn zu stecken. Große Spinnen, alt wie Methusalem, stelzten scheu hinaus in den Sonnenschein.

Aber mit einem Mal schoss der Kinderschwarm davon, die scharfen Spatzenaugen hatten den Jäger aus Lindby entdeckt. Er kam aus dem Moor über das Feld. Fünf, sechs kleine Hände machten sich an der Klappe seiner Tasche zu schaffen, während der Jäger einfach weiterging.

»Nein, ich habe nichts, Kinder«, sagte er freundlich. »Aber ich werde euch etwas zeigen!«

Er zog ein paar Donnerkeile und ein Stückchen Feuerstein hervor, das einem Tier ähnelte.

»Die bekommt ihr, wenn ihr brav seid.«

Der Jäger aus Lindby kam nicht, um irgendetwas zu kaufen; sein Weg führte ihn nur zufällig vorbei. Gegen Abend war es ihm gelungen, bei Søren Furbo ein Vier-

Karten-Mis zu organisieren. Außerdem spielten noch Jens Hansen und Mogens mit, zwei Hofbesitzer aus einem Nachbardorf. Søren Furbo war ein kleiner verschüchterter Mann, der zum zweiten Mal geheiratet hatte – eine Frau, die den Rest seiner Entschlusskraft verwaltete. An diesem Tag jedoch widersetzte er sich – er hatte sich zwei Schnäpse genehmigt – und brachte Gäste mit. Sie setzten sich an den Tisch, und als die Frau verärgert die Stube verließ, grinsten die beiden angesehenen Bauern in ihre Bärte.

Zunächst spielten sie um vier Fünføremünzen, das war noch ganz gemütlich. Die Gluckflasche stand auf den Tisch, und nach einer besonders amüsanten Partie besiegelte man das Vergnügen mitunter mit einem Schnaps.

Am späten Abend warf der Jäger den Kartenhaufen auf den Tisch.

»Das ist doch läppisch, erhöhen wir den Einsatz auf fünfundzwanzig Øre.«

»Aber nein, nein«, entgegnete Søren Furbo wie aus Spaß, aber doch beunruhigt. Er hatte bereits drei, vier Kronen verloren.

»Red doch mit deiner Frau darüber!«, schlug Mogens vor und kniff freundlich die Augen zusammen.

»Ich kann dir gern ein paar Øre leihen.« Der Jäger sah ihn ernst an.

»Nicht nötig«, erklärte Søren Furbo und blickte stolz von einem zum anderen, »so war das nicht gemeint.«

Der Jäger nahm die Karten, hob ab und gab.

Sie spielten, ohne ein Wort zu sagen. Die Männer hielten die Karten der Länge nach gebogen in der hohlen Hand. Wenn sie die Hand öffneten, richteten die Karten sich wieder auf. Sie drückten den oberen Rand jedes Blattes vorsichtig herunter, als wollte jeder von den anderen einen heimlichen Blick in die eigenen Karten werfen.

Mogens' dicke Fingerspitzen zitterten unmerklich. Søren Furbo konnte seine Nervosität nicht verbergen. Wenn er verlor, lachte er ebenso angestrengt wie ein kleiner Junge, der einem Zauberkünstler auf der Bühne helfen soll und dem dabei ein Kaninchen aus der Nase gezogen wird.

Jens Hansen saß ruhig wie ein Stockfisch am Tisch, er gewann. Auch dem Jäger war nichts anzusehen, nichts rührte sich in seinen vergeistigten Zügen, nur seine Augen waren scharf und schnell.

Atemlos spielten sie ohne Unterbrechung bis vier Uhr morgens, es wurde gegeben, Trümpfe wurden ausgespielt. Mit den Fingerspitzen zogen sie die Münzen über die Tischplatte.

Die Männer hatten jetzt alle einen grausamen Blick, wie Tiere.

Es war helllichter Tag, als Søren Furbo das Licht löschte und einen Schnaps verschüttete. Die Karten wurden gegeben, sie schnäuzten sich die Nasen und rissen sich zusammen. Jetzt hatte Jens Hansen Pech.

Gegen sechs Uhr begann er, zu knurren und die Zähne zu blecken. Der Jäger blickte ihn lange an, ohne ein Wort zu sagen.

»Du kannst auch wieder gewinnen, Jens«, sagte er schließlich. Jens Hansen wandte brüsk den Blick ab und griff nach den Karten.

Gegen sieben kam die Frau herein, sie hielt die Hände vor den Bauch, als wollte sie alle segnen.

Plötzlich schlug Søren Furbo mit seinen mageren Knöcheln auf den Tisch.

»Geh und back uns zwei Eierkuchen mit Speck!«, rief er, »und zwar – auf der Stelle!«

Die Frau rührte sich nicht.

Da packte ihn der Jähzorn, Sørens Gesichtszüge verkrampften sich, er fing an zu spucken.

»Dddddd…«

»Grundgütiger Gott!«, schrie die Frau und verschwand in der Küche.

»Trink'n Schnaps!«, riet Mogens kurz angebunden, als Søren bebend auf die Bank zurücksank.

Sie spielten den ganzen Tag und machten nur eine Pause, um schweigend die Eierkuchen zu verschlingen. Irgendwann hatte Jens Hansen über dreihundert Kronen verloren. Normalerweise war er ein Mann, der die Prägung einer Zehnøremünze von beiden Seiten prüfte, bevor er sich von ihr trennte. Er saß auf der Bank wie eine empfindliche Wunde mit blank liegenden Nerven, die von der menschlichen Brutalität bis aufs Blut gereizt wurde. Seine Gesichtsmuskulatur zuckte vor Bitterkeit und Bosheit. Søren Furbo verlor wenig und langsam, ihm wurde allmählich schwindlig.

Das Glück war launisch, Jens Hansen gewann, und Mogens verlor.

»Jetzt kommst du wieder auf den grünen Zweig, Jens«, flüsterte der Jäger ihm vertraulich zu und blickte starr über den Tisch. Jens Hansen lächelte grimmig.

Hin und wieder trat die Frau in die Stube und sah Søren flehend an, sie wusste nicht mehr ein noch aus. Sørens Stimme war heiser, seine Augen glänzten ungesund.

Im Dorf wusste jeder, dass die vier Männer gerade ihr Hab und Gut und ihre Seligkeit verspielten.

Sie spielten den ganzen Abend, Sørens Frau stellte

Eierkuchen mit Speck auf den Tisch und ging weinend zu Bett.

Sie spielten auch diese Nacht hindurch, und das Glück wandte sich mal dem einen, mal dem anderen zu. Ein schwaches Talglicht schien auf die zerfurchten, ausgemergelten Gesichter. Mogens war frisch rasiert zur Auktion gekommen, nun lag ein dunkler Schatten auf der unteren Gesichtshälfte, sein Bart war nachgewachsen. Es waren keine Menschen mehr, die dort saßen.

Als der Tag anbrach, blies Søren Furbo das Talglicht aus. Es stank, und Søren wurde von dem Geruch übel, er fiel vornüber und erbrach sich auf den Fußboden. Er konnte sich nicht länger aufrecht halten.

»Na so was!«, brummte Jens Hansen gleichgültig und tippte auf Sørens Karten. »Jetzt ist's aber gut! Los, achte auf dein Spiel!« Er blinzelte mit übernächtigten Augen. Aber es half nichts, sie mussten aufhören.

Unsicher taumelnd standen sie auf und sahen sich giftig und feindselig an.

Gegen Ende hatte es sich ausgeglichen. Jens Hansen und Søren Furbo hatten beide einhundert Kronen verloren, der Jäger hatte den größten Teil davon gewonnen. Sie hatten drei Pot Schnaps getrunken und vier Eierkuchen gegessen.

Jens Hansen stand nachdenklich da, in seinem Gesicht spiegelten sich grenzenloses Unglück und Hass.

Nur der Jäger blieb ruhig, er behielt die beiden Männer im Auge, als sie nach ihren Stöcken griffen; er war auf eine Prügelei vorbereitet und hatte sich bereits einen Stuhl ausgesucht, dem er ein Bein abbrechen würde. Mit einem Mal schien ihnen ihre blanke Mordlust jedoch klar zu werden, sie schämten sich voreinander; schweigend und mit gesenkten Köpfen gingen die beiden Hofbesitzer ihrer Wege.

Der Jäger aus Lindby griff nach der Büchse und seiner Tasche und ging in Richtung Moor.

Søren Furbos Frau half ihm ins Bett, er weinte aus tiefstem Herzen Tränen des Jammers.

Weit fort von jeder menschlichen Behausung legte der Jäger aus Lindby sich hinter eine Hecke und schlief den langen, hellen Tag hindurch.

Gegen Mitternacht erwachte er. Er richtete sich in der sommerlichen Dunkelheit auf, gähnte und streckte sich. Dann nahm er sich aus seiner Tasche etwas zu essen, verzehrte es und blieb noch ein paar Stunden wach liegen.

Woran dachte er? An nichts.

Um ihn herum zwitscherten Vögel. Hin und wieder flog einer über ihm durch die Luft, man konnte ihn nicht sehen, nur das Geräusch strich vorbei. Als würde ein großer Kamm durch die Luft gezogen. Der eine oder andere Grashalm unter dem Kopf des Jägers suchte nach einer besseren Position und richtete sich leise an einer anderen Stelle wieder auf. Bewegte er den Kopf, knisterten eine Menge Gräser auf einmal, um dann langsam wieder zur Ruhe zu kommen, wenn er still lag.

Als ein Kiebitz anfing, ihn zu umkreisen, zu schimpfen und sich zu beklagen, erhob sich der Jäger. Im Osten rötete sich der Himmel. Rasch warf er die Büchse über die Schulter und ging mit langen Schritten über die Wiesen auf die mit Heidekraut überzogene Anhöhe im Süden zu. Er sprang über die Gräben und wich nicht von seinem Weg ab.

Als die lautlose Morgendämmerung die gesamte Natur noch in Bann hielt, erreichte der Jäger den Fluss auf der anderen Seite der Heidehügel. Er ging zu einem der Kolke, legte sich still ins Gras und bereitete eine Angelschnur vor.

Der Nebel, der über dem Flussbett lag, wurde vom Wasserspiegel gezogen wie ein Flortuch von einer blanken, kostbaren Klinge. Jedes einzelne dünne Schilfrohr war deutlich zu sehen, es war ein heller, klarer Morgen.

Mit einem winzigen Plumps fiel die Angelschnur des Jägers ins Wasser zwischen die kleinen Strudel, die in der Flussbucht wie Lachgrübchen daherspaziert kamen. Langsam sank der Haken, drehte sich in der schwachen Strömung und wurde von der Dunkelheit des Wassers verschluckt.

Ein Stück weiter plätscherte der Fluss über flachen Grund, hier und da war ein weiches Glucksen zu hören, wenn das Wasser unter einem steileren Uferstück hindurchlief.

Der Jäger aus Lindby hielt die Schnur in der Hand und schaute übers Wasser.

Ein paar Seerosenblätter schaukelten auf der Wasseroberfläche, auf einem der Blätter kroch ein Blutegel, auf einem anderen hatte sich eine kleine Pfütze gebildet, in der ein Kreiselkäfer sich in rastloser Gefangenschaft drehte – wie auch immer er dort hingekommen war. Die Samenkapseln der Seerosen lagen wie kleine schwimmende Fläschchen auf der Wasseroberfläche. Es ging immer lebhafter zu, irgendwo kreiste eine ganze Schar von Kreiselkäfern wie blanke Kerne umeinander; sie spielten mit allen möglichen Linien und Figuren. Kleine Wasserläufer huschten über die Wasserhaut, ohne dass sich das Wasser auch nur im Geringsten bewegte. Standen sie still, sah man, dass die Beine eine kleine Grube im Wasser bildeten. Aus dem Schilf tönte das feine Summen der Fliegen und Mücken. Eine dieser flachen, grauen Fliegen, die sich irgendwo niederließen, um zu stechen und sich dann in aller Ruhe totschlagen zu lassen, setzte sich auf den Handrücken des Jägers und erlitt einen lautlosen Tod. Er schaute zur Seite – zwischen den Graswurzeln wand sich ein lebhafter, hellroter Regenwurm; er sah ihm zu, bis dem Wurm die Rosette eines Distelwurzelblatts Probleme bereitete. Dann griff er nach ihm und steckte den Wurm in die Blechdose.

Kurz darauf veränderte sich sein Gesichtsausdruck, er war gespannt und hellwach, ein Fisch hatte angebissen. Er zog an der Schnur, und als er spürte, dass der Fisch fest am Haken hing, holte er sie ein. Eine große weißgelbe Forelle, die gewiss drei Pfund wog. Der Fisch zappelte an der Wasseroberfläche und schlug mit dem Schwanz, um unter Wasser zu bleiben; das ganze kleine Getier flüchtete zwischen die Pflanzen ans Ufer. Der Jäger aus Lindby befreite den Fisch vom Haken und legte ihn hinter sich ins Gras. Noch lange danach, als er schon wieder träumend die Schnur ausgeworfen hatte, hörte er den Fisch im Gras mit der Schwanzflosse schlagen und nach Luft schnappen; es klang, als würde jemand Tabak rauchen und hin und wieder eine Luftblase zwischen den Lippen platzen lassen.

Die Sonne stieg höher und wärmte im Nacken. Sie schien auf das Wasser, das an einigen Stellen spiegelte, an anderen durchsichtig war. Am gegenüberliegenden Ufer konnte man bis auf den Grund sehen, dort war ein kleiner Hecht zwischen den Seerosenstängeln, ganz still stand er im Wasser, mit vorgeschobenem Unterkiefer, als wäre er tot – eine Gewohnheit der Hechte. Ein Auge schien ständig nach oben zu blicken. Er ließ sich nicht fangen, aber er war ohnehin viel zu klein. Eine Stunde wartete der

Jäger aus Lindby, ob ein weiterer Fisch anbisse, und in der ganzen Zeit blieb der Hecht dort unten wie ein Stock stehen. Geriet die Wasseroberfläche ein wenig in Bewegung, wurde das Bild verzerrt. Und ein Auge starrte weiterhin ständig nach oben.

Es war nun ein hoher, von kräftigen Sonnenstrahlen durchfluteter Morgen, und rundherum hatten sämtliche kleinen Tiere mit ihrem geschäftigen Leben begonnen. Die Stichlinge wurden naseweis, sie schossen zur Wasseroberfläche hinauf, zeigten dem Jäger aber bereits ihre glänzende Seite, wenn der Wurm noch einige Zoll entfernt war. Allerdings war es ohnehin allmählich Zeit für den Aufbruch.

Die Sonne brannte, überall surrten und summten die geflügelten Insekten. Auf einem breiten Blatt kroch ein Marienkäfer wie ein kleiner Tropfen roter Siegellack …

Mit einem Mal hob der Jäger aus Lindby den Kopf und verharrte lange in dieser Stellung, als lauschte er.

Auf seinem Gesicht zeigte sich ein überraschender Kleinmut, um seinen Mund legte sich ein ergebener, duldsamer Zug.

»Nun gut!«, flüsterte er demütig und wurde plötzlich leichenblass. Er stand auf, rollte hastig die Angelschnur auf und steckte sie in die Tasche. Er ließ seine Sachen liegen und lief auf die Wiese. Dort untersuchte er den Boden, ging auf einem kleinen Stück auf und ab, fasste in Jacke und Hose und sah nach, was er in den Taschen hatte.

Sein Gesicht war grau und aschfahl, als er beklommen auf die Erde starrte.

Und dann begann es.

Er blieb ruckartig stehen, bäumte sich hintenüber und

fiel um wie ein Baumstamm. Der federnde Wiesenboden warf ihn noch einmal kurz in die Höhe, bevor er endgültig auf dem Rücken liegen blieb. Seine Beine und Arme bewegten sich wie die Glieder einer Marionette, der Kopf wurde emporgerissen und schlug hart auf den Wiesenboden. Aus seiner Kehle drang ein gurgelndes Knurren und Röcheln. Die Hände verkrampften sich, die Daumen bogen sich nach innen wie bei einem neugeborenen Kind; unter den Brauen waren die Pupillen nicht mehr zu erkennen, das Weiße hatte sich nach außen gekehrt.

Kurz darauf ließ der Krampf nach, Arme und Beine sanken herab, er blieb noch eine Weile zitternd liegen, dann wurde er ganz ruhig. Die Augen standen offen, starrten nun direkt in die Luft und spiegelten das leere Erstaunen der ganzen Welt. Während er still dalag, veränderte sich der Ausdruck seiner geöffneten Augen, es sah aus, als regte sich etwas in ihnen. Seine Gesichtszüge waren angespannt, aber ausdruckslos, nur die Augen lebten. War es das Geheimnis der Zeiten, war es die einzige Ewigkeit, die sich ihnen dort eröffnete?

Der Fluss plätscherte munter über die flache Stelle, aus den Aushöhlungen am Ufer kam mitunter ein sanftes Gluckern. Als ob sich dort jemand verbärge, der versuchte, sich still zu verhalten, hin und wieder aber ein gedämpftes Lachen nicht unterdrücken konnte. Das gesamte Gewürm der Natur lebte sein unbemerktes Leben im Sonnenschein rings um den Mann, der dort lag und in die Luft starrte.

Eine Viertelstunde blieb er so liegen, dann richtete er sich plötzlich auf. Auf seinem Gesicht zeigte sich ein Lächeln von inniger, selbstzufriedener Geheimniskrämerei, als wüsste er so manches, das er aber keineswegs dem Erstbesten erzählen würde. Dann hatte er das Bewusstsein vollkommen wiedererlangt, sah ängstlich um sich und wischte sich den Schaum vom Mund.

Es war vorbei, er war wieder wach und wusste nicht, wie lange der Anfall gedauert hatte.

Der Jäger aus Lindby ging zurück zu seinen Habseligkeiten, er sah erschöpft und hinfällig aus.

Eine kleine Brise kräuselte die Wasseroberfläche, der Hecht stand noch immer am Grund – ein wenig unscharf durch das Flirren des Wassers – und starrte mit dem einen Auge nach oben. Der Jäger holte einen Becher an einer Schnur aus der Tasche, schöpfte Wasser und trank gierig. Ein tief sitzender Kummer zeichnete sich auf seinen Brauen und der Stirn ab.

Dann stapfte er mit matten, schleppenden Schritten und gesenktem Kopf langsam über die Wiesen.

Gegen Abend tauchte er mehrere Meilen östlich in der Nähe von Hobro auf.

In der stillen, sanften Dämmerung kam er an einen Bauernhof und ging um die Stallungen. Zwei Mägde standen am Giebel und scheuerten die Milchkannen. Beide kreischten laut auf, als sie den Jäger aus Lindby sahen, warfen die Strohwische fort und flohen mit klappernden Holzschuhen ins Haus. Vor dem Jäger aus Lindby hatten sämtliche Frauen furchtbare Angst.

Er wanderte weiter, quer über Felder, Wiesen und Moore.

Für die Nacht fand er eine geschützte, gemütliche Stelle in einem Graben und schlief, eingelullt vom nahen und fernen Gezirpe der Vögel.

So war das Leben des Jägers aus Lindby. Er vagabundierte ein Menschenalter in der Gegend umher, jagte und angelte, spielte und prügelte sich. Seine Streitlüsternheit war von typisch jütländischer Art, er teilte derbe, trockene Hiebe aus, die allerdings keinen wirklichen Schaden anrichteten. Niemand wusste jemals etwas Genaues über ihn, er war mal hier und mal dort.

Auch wenn er sich an einem bewohnten Ort aufhielt, kam es vor, dass er von einem Anfall überrascht wurde. Wenn er dann auf der Erde lag, standen die Menschen blass und von Entsetzen gepackt um ihn herum. Alte, erfahrene Frauen steckten ihm einen Löffel in den Mund, damit er sich nicht die Zunge abbiss.

Mit den Jahren schlug seine Gewalttätigkeit in Bösartigkeit um, allerdings wurde er auch zunehmend menschenscheuer. Die Anfälle nahmen an Häufigkeit und Dauer zu.

Eines Winters hatte er die Dachkammer eines Hauses gemietet.

Er kam und ging, war meist fort, niemand beachtete ihn.

Im Frühsommer bemerkte der Hausherr eines Tages einen Geruch, der von oben kam. Die Tür wurde aufgebrochen, und man fand den Jäger aus Lindby auf dem Boden liegend. Er war seit mehr als acht Tagen tot. Die Augen starrten glanzlos und dumm an die Decke, unter seinen Kleidern wimmelte es von Larven und kleinem Getier.

ELSES HOCHZEIT

Die Eltern des kleinen Søren waren gestorben, daher wurde er von Sivert Nielsens Familie großgezogen, mit der er entfernt verwandt war. Siverts Kinder waren längst erwachsen und aus dem Haus, nur die neunzehnjährige Else wohnte noch daheim.

Søren war sieben Jahre alt, ein kleiner, gedrungener Bursche, ein besonders ernster und nachdenklicher Junge. Da es keine Kinder gab, mit denen er hätte spielen können, dachte er sich seine Kurzweil selbst aus und beschäftigte sich mit vielen sonderbaren Unterfangen. In einen Deich hatte er kleine Löcher und Kammern gegraben, in denen er seine blanken, kleinen Steinchen versteckte, und unter einem geheimen Fensterbrett im Stall verwahrte er andere merkwürdige Habseligkeiten. Søren beschäftigte sich sehr lange mit jedem einzelnen Zeitvertreib, halbe Tage konnte man ihn an ein und derselben Stelle beobachten, ohne dass man sah, womit er sich eigentlich befasste. Es konnte ein Stock sein, den er gefunden hatte, es konnte sich aber auch um einen Mistkäfer handeln, dem er das Leben sauer werden ließ.

Søren kam allein zurecht und verstand sich mit Menschen und Tieren gut. Im Sommer band er unten am Teich Kröten fest und ließ sie gewissenhaft zu den richtigen Zeiten wieder frei. Es war dann deren Sache, ob sie sich vorher ein Hinterbein aus dem Gelenk rissen. Im

Winter las Sivert Nielsen persönlich den Katechismus mit Søren, und der trockene, knorrige Mann war zufrieden mit Sørens Fleiß und Auffassungsgabe. Siverts Frau saß in ihrem aus Korb geflochtenen Stuhl am Kachelofen und tat niemandem etwas zuleide, sie war müde nach den Mühen eines langen Lebens. Søren hatte Angst vor ihr, allerdings gab es dafür keinen Grund.

Else – für Unruhe auf dem ruhigen Hof sorgte allenfalls Else. Morgens sang sie in der Molkerei und sprang munter auf dem Steinboden umher, stets war sie fröhlich und allen gegenüber sanft wie der Sonnenschein. Else beschützte den kleinen Søren und sorgte für ihn, zwischen den Mahlzeiten rief sie ihn zu sich und übereichte ihm wunderbare Butterbrote, die Søren aus ihren großen, liebevollen Händen entgegennahm. Wäre er ein Hund und kein Mensch gewesen, hätte Else ebenso gut eine Kasserolle an seinen Schwanz binden und ihn dann getrost vergessen können – Søren wäre genauso voller demütigem Dank umhergelaufen, obwohl es jedes Mal wehgetan hätte, wenn die Kasserolle irgendwo angestoßen wäre.

An den Sonntagen kamen wegen Else immer viele Burschen auf den Hof. Und einmal, als alle Else umschwärmten und vor Liebesqualen seufzten, war Søren davongelaufen und hatte sich hinter den Ställen versteckt. Er hatte gerade schreiben gelernt, und er schrieb Elses Namen auf ein Stück Papier – mit einem kleinen Anfangsbuchstaben. Das Papier faltete er ängstlich zu einem schmalen, harten Streifen zusammen. Aber er brachte es nicht über sich, es fortzuwerfen. Eines Abends steckte er es in die gusseiserne Verzierung des Kachelofens in der Stube. Niemand konnte den Zettel dort finden, und Else wusste nicht, dass er dort steckte, wenn sie in die Stube ging.

Manchmal machte sich Else den Spaß, den kleinen Søren zu jagen, um ihn zu hätscheln, dann flüchtete er mit allen Anzeichen der Scham und des Ungemachs. Eines Tages, als er mit einem gefüllten Becher in den Händen einigermaßen sorglos daherkam, stürzte sich Else auf ihn und liebkoste ihn jubelnd. Søren stellte daraufhin den Becher auf den Boden und kroch wortlos unters Bett. Dort, in der tiefsten Finsternis, stieß er auf die Katze, die er plötzlich anfing zu würgen, sodass sie in größter Erregung miaute.

»Aber Søren, was machst du denn mit der Mieze!«, rief Else und lachte.

Wenn sonntags die Burschen kamen, hatte Else genug damit zu tun, sie im Zaume zu halten. Per Andersens Jesper war der Dreisteste, er war es gewohnt, dass die Mädchen sich in das Grübchen an seinem Kinn und seinen sinnlichen Mund verguckten. Eines Tages versuchte er unter gewaltigen Lachsalven, Else einen Kuss abzuringen. Es geschah draußen in der Küche, als sie Kaffee kochte und die übrigen Burschen am Küchentisch saßen. Else wurde nicht böse, ganz und gar nicht, auch sie lachte aus vollem Hals. Doch dann packte sie den starken Burschen plötzlich bei den Schultern und stieß ihn rücklings so fest auf den Steinboden, dass seine Schulterblätter knackten. Es war durchaus keine Galanterie von Jesper, dass er so unsanft zu Boden ging – und Søren sah das alles, stahl sich davon und versteckte sich irgendwo.

Einmal bediente Else in einer weißen Schürze bei einem Fest, und es gab niemanden, der ihr nicht hinterhersah, so blond und proper war sie. Die alten Leute waren gerührt und schüttelten die Köpfe, sehr, sehr tief in Gedanken versunken.

Am Abend wurde Søren, der auch auf dem Fest gewesen war, zu Bett gebracht. Es war ein großes Bett. Die Decke legte sich um ihn wie Pech, hilflos schmolz er in dem Bett dahin. In der Dunkelheit hörte er die Musik und den Tanz aus der guten Stube, Flötentriller – weiche Läufe und Sprünge –, und kam sich furchtbar verloren vor. Offensichtlich hatten ihn alle vergessen. Gewiss gab es niemanden, der sich aus krankhaftem Interesse für das unendlich Kleine und Gleichgültige an ihn erinnerte. Søren überlegte lange, ob Else sich dort drinnen im Licht an ihn erinnerte und kommen würde. Die Tür sollte aufgehen, und die große, weiße Else hereinkommen. Und liebevoll lächelnd sollte sie ihn langsam mit einem Tischmesser zerschneiden. Vielleicht wäre das Messer nicht sonderlich scharf, aber das wäre nicht so schlimm, und es hätte auch nichts weiter ausgemacht, hätten Soßenreste an der Klinge geklebt. Wenn Søren seinen Tod zu Ende gedacht hatte, begann er von vorn, und dachte sich jedes Mal weitere schöne Einzelheiten aus. Schließlich schlief er ein.

Einige Zeit danach geschah das große Wunder. Am Abend des Dreikönigstags wurde Søren ins Bett über der guten Stube gesteckt, weil es dort wärmer war. Søren gefiel es nicht sonderlich, er hatte dort oben Angst. Lange zitterte er, bevor er einschlief.

Doch plötzlich erwachte er, die Tür knarrte. Er war wie gelähmt vor Angst und lag reglos im Bett. Aber es war nicht so schlimm – es kam jemand, der eine Kerze trug. Es war Else. Sie schlich auf bloßen Füßen und mit einem angezündeten Dreikönigskerzenleuchter in der Hand ins Zimmer. Søren blieb still liegen, durch einen Spalt oder eine Falte der Bettdecke konnte er nach ihr spähen.

Else blieb eine Weile ruhig im Zimmer stehen und sah

sich sämtliche dunklen Fenster an. Nirgendwo war ein Laut zu hören. Zögernd trat sie vor den Spiegel. Sie konnte nichts darin sehen, doch dann knöpfte sie ihr weißes Unterhemd auf und ließ es fallen. Sie hob den Kopf und blickte in den Spiegel – plötzlich knarrten die Bodendielen, und Else lachte! Hastig löschte sie den dreiarmigen Leuchter, und Søren hörte, wie sie hinausschlich und die Tür vorsichtig hinter sich schloss.

Søren wusste nicht, dass man auf diese Weise seinen Zukünftigen sehen konnte, im Grunde dachte er überhaupt nicht daran, was es zu bedeuten haben könnte. Er hatte nur eine weiße Gestalt gesehen, die ihm riesenhaft groß vorgekommen war, eine goldene Wolke und drei unruhige Kerzenflammen. Aber hinter dem tiefen Erstaunen wuchs in Sørens Kopf eine Ahnung über so etwas wie Wölfe oder zottige Tiere, die seit ewigen Zeiten im Hinterhalt lauerten. Er spürte dunkel, dass vor langer, langer Zeit etwas Grausames geschehen sein musste, nun war jedoch nur die verschwommene Erinnerung an den Schrecken geblieben. Und diese blutige Grausamkeit, diese teuflische Rohheit konnte möglicherweise noch immer das Los einzelner glücklicher Menschen sein. Sørens Schicksal würde es nicht werden. Ach nein, nein. Glück würde er nicht finden, denn er war ja so klein und würde kaum jemals groß werden.

Else hatte viele Freier, und Søren verschwand und versteckte sich in irgendeinem Winkel wie ein Kaninchen. Der Sohn eines Bauern hielt förmlich um ihre Hand an, er hatte seinen Vater mitgebracht, der ihre Vermögensverhältnisse darlegte. Doch als Else ihn verschmähte, blieb er für den Rest seiner Tage Junggeselle und machte nicht viel Aufhebens darum. Wenn er in die Stadt fuhr, um irgendetwas zu besorgen, musste es von ganz bestimmter Beschaffenheit sein. Bekam er es nicht so, wie er es sich vorgestellt hatte, dann kaufte er es nicht, beschwerte sich allerdings auch nicht über den Kaufmann. So war dieser Mann.

Schließlich fand sich jedoch ein Bewerber, dem Else ihr Jawort gab. Er hieß Laurits und war ein hübscher, großmütiger Bursche. Else mochte ihn.

Per Andersens Jesper betrank sich an jenem Tag und sang ein trauriges Lied. Es hatte so viele Strophen, dass er einschlief, bevor er es zu Ende gesungen hatte. Dann rückte Jesper für jemand anderen als Soldat ein (er selbst war per Los freigestellt), offensichtlich hatte ihn sein Kummer verwirrt. Einen Monat später kam er im Rock des Königs ins Dorf und ging wie ein Herzog die Straße entlang. Else scherzte mit ihm, und Jesper jubilierte wieder. Kummer und Sorgen waren im Grunde seine Sache nicht.

Laurits und Else gingen zusammen spazieren und versicherten sich ihrer Zuneigung. Sehr alte Leute behaupteten, seit gut hundert Jahren kein so schönes Paar mehr gesehen zu haben.

Im Herbst half Laurits Sivert bei den anstehenden Arbeiten, er sollte den Hof ja ohnehin bei der ersten sich bietenden Gelegenheit übernehmen. Laurits ging mit der Sense zum Mähen, Else bündelte die Garben für ihn. Die Jahreszeit war ungewöhnlich trocken und günstig, das Leben unproblematisch. Laurits arbeitete besonnen und sicher, er behielt das Reff im Auge und mähte das Korn sorgfältig, damit Else es leicht bündeln konnte. Hin und wieder wandte er sich um, hob die Sense am Schaft und sah nach Else. Die schneeweißen Armschützer schimmerten auf ihren Armen – eins, zwei, drei schnürte sie das Band, nahm die Garbe in den Arm und stellte sie sorgfältig gebündelt zur Seite. Sie lächelte ihm zu oder lachte. Else lachte einfach so, über nichts. Dann arbeitete Laurits weiter; und lag da ein Stein auf dem Feld, schob er ihn manchmal mit der Spitze seines Holzschuhs beiseite. Er trat auch mal einen Erdklumpen platt, wenn er dort vorbeimusste, und hin und wieder schnippte er mit der Spitze der Sense eine Distel fort – heimliche Kleinigkeiten, die außer dem kleinen Søren vermutlich niemand bemerkte. Søren ging mit aufs Feld und beschäftigte sich mal hiermit und mal damit.

Das ganze Korn passte nicht in die Scheune und wurde daher davor in Schobern aufgeschichtet. Zusammen mit Laurits stand Else auf dem Schober und nahm die Garben entgegen, der alte Sivert übernahm die Fuhren und warf die Kornbündel mit der Forke hinauf. In der Zwischenzeit saßen die beiden im Stroh, sahen sich an und plauderten über irgendetwas. Laurits kaute auf einem Strohhalm und hatte sich die Mütze aus der Stirn geschoben. Der trockene Duft des reifen Roggens hing in ihren Kleidern, und ihre Fingerspitzen waren durch die Arbeit mit den Garben glatt wie blank poliertes Holz.

»Sieh mal, meine Holzschuhe sind voller Körner!«, rief Else und schüttelte Roggenkörner ins Stroh. Sie lachte aus vollem Hals.

Laurits blickte auf ihre hübschen Strümpfe, Grannen und Spreu hatten sich in der Wolle verhakt.

»Hast du keinen Strohwisch in den Schuhen?«, fragte er verwundert. Nein, Else trug sonst meist Pantoffeln. Laurits nahm sich vor, ein Paar feine Gerstenwische für Elses Holzschuhe zu binden, sobald er vom Schober herunterkam.

Der Schober wurde hoch und ragte steil auf. Als sie die letzte Schicht gelegt hatten, schwankten sie dort oben wie in einer Baumkrone. Sobald der alte Sivert mit der nächsten Fuhr kam, wollten sie daneben mit einem neuen Schober beginnen.

Laurits legte sich auf den Rücken und rutschte an der Seite des Schobers herunter. Dann drehte er sich um und breitete die Arme zu Else aus, die von oben auf ihn herabblickte.

»Oder soll ich besser die Leiter holen?«, fragte er.

Doch Else hatte Angst, dass ihr die Röcke hochfliegen würden, daher ging sie zur anderen Seite des Schobers und ließ sich dort hinuntergleiten.

Einen Moment später hörte Laurits einen fürchterlichen Schrei. Es war ein Unglück geschehen, am Schober lehnte eine Heugabel, ein eisernes Werkzeug, das einem Bootshaken ähnlich ist. Søren hatte damit gespielt und die Gabel dort hingestellt, weil er es nicht besser wusste.

Else war so gut wie auf der Stelle tot, sie war regelrecht aufgespießt worden. Das Gesinde des Hofes rannte herbei und trug sie ins Haus. Laurits ging neben ihr, und als sich Elses Haar löste und herabfiel, griff Laurits danach und hielt es, als hätte er eine volle Schüssel in seinen Händen.

Nachdem man den Leichnam in die Stube gelegt hatte, schlich Laurits sich fort. Er ging über den Hof, bog eilig um die Ecke hinter den Stall und fing an zu weinen; sein Mund verzerrte sich wie bei einem Kind, die Tränen sprangen ihm aus den Augen. »Else, kleine Else«, flüsterte er in seinem heißen Schmerz wie von Sinnen. »Else, Else!« Und mit seinen groben Fingern zupfte er Strohhalme aus der niedrigen Dachtraufe …

Søren lag in einem seiner Verstecke im Garten, den Kopf unter sich wie ein Tier, das sich eingraben will.

IN DER DUNKELHEIT

Die Alten können sich noch an die Geschichte erinnern, sie wird immer genau so erzählt, mit denselben Einzelheiten.

Oben in Himmerland zieht sich ein Tal von West nach Ost, darin windet sich ein Fluss gemächlich und umständlich hin und her wie ein Wurm, der auf etwas zukriecht und nichts auslassen will. Auf beiden Seiten des Flusses geht das Wiesenland in Hänge und schräg abfallende Äcker über, und weiter südlich befindet sich der höchste Punkt des Landes. Die Erde ist mager auf den lang gezogenen, von Heidekraut bewachsenen Hügeln. Dort liegt das Dorf Graabølle.

Vor zwei Menschenaltern hatte Jens Andersen einen Hof in dem Ort. Obwohl die Gebäude des Hofes an Dachfirsten hingen, die wie die Rippen einer Schindmähre herausragten, war er insgeheim durchaus ein wohlhabender Mann,

Eines Morgens prügelte Jens Andersen seinen halbwüchsigen Knecht durch, er hatte schlechte Laune.

Seine Tochter Karen stampfte Lehmschlag in einem Bottich, um damit die Zwischenräume des Fachwerks zu füllen. Hin und wieder hob sie den Kopf und warf ihnen einen Blick zu. Der Knecht zappelte und schrie erbärmlich. Jens Andersen hatte ihn im Nacken gepackt und walkte ihm den Rücken mit einem Eichenknüppel, der Bursche wand sich, sein stumpfsinniges Gesicht glänzte vor Tränen.

Der Lehmschlag war fertig, Karen tauchte ihre nackten Arme hinein und warf große Brocken davon mit den Händen an die Hauswand. Sie war ein hochgewachsenes, grobknochiges Mädchen, das unter ihrem hochgerafften Rock auf zwei geraden, entschlossenen Beinen stand.

Schließlich hatte Jens Andersen sich entladen, und der Knecht schlich schluchzend hinüber zum Stall. Jens Andersen stapfte zum Wohnhaus, seine langen, in Lederärmeln steckenden Arme bebten noch immer.

Hinter den kleinen Butzenscheiben verschwand ein Kopftuch, das man dort während der Exekution hatte sehen können. Jens Andersen stellte den Knüppel in eine Ecke der Diele, drückte die Türklinke hinunter und betrat die Stube. Kurz darauf kroch der Kettenhund scheu und zerzaust aus seiner Hütte, in der er während des Unwetters Schutz gesucht hatte.

Karen richtete sich auf und horchte, die lehmigen Hände weit von sich gestreckt. Ja, Vater veranstaltete ein gewaltiges Spektakel, sie hörte, wie verbittert er knurrte und raunzte. Allmählich wurde es still. Karen arbeitete weiter, sie tauchte Heidewische in den Bottich, stopfte sie in die Löcher zwischen den Pfosten und verschmierte den Lehm darauf.

Am Wippbrunnen scharrten die Hühner und gackerten leise.

Eine Viertelstunde später kam der Knecht aus der Stalltür, sah sich um und wollte sich aus dem Hoftor schleichen.

»Anton!«, rief Karen halblaut. Der Bursche näherte sich zögernd, blickte mit seinen hellen Augen traurig zu dem großen Mädchen auf und zog die Nase hoch.

Karen richtete sich auf und wischte sich mit dem abgeknickten Handgelenk die Stirn ab.

»Mach dir nichts draus«, sagte sie leichthin. Behutsam versuchte sie, ihn zu trösten. Der Bursche brach erneut in Tränen aus und krümmte sich zusammen; noch immer schlotterte er vor Angst.

Karen arbeitete eifrig weiter, kleine Lehmspritzer trockneten auf ihrer ungesunden Haut und in dem farblosen Haar. An einem ihrer Augen saß direkt am Rand des Unterlides ein kleiner, runder Spritzer.

»Geh jetzt und bring die Rinder auf die Weide«, sagte Karen scheinbar ungerührt, aber doch mit unverhohlener Sympathie. »Kümmere dich nicht um den Alten.«

Anton blieb noch eine Weile stehen und sah zu, wie sicher Karens Hände die Lehmklumpen an die Wand warfen, die auseinanderliefen und die Wand genau an den richtigen Stellen abdeckten; seine wasserblauen Augen blinzelten. Endlich stieß er einen tiefen, heiseren Seufzer aus, drehte sich um und setzte sich in Bewegung.

Anton tat Karen ein bisschen leid, denn eigentlich war sie der Anlass für die Gereiztheit ihres Vaters.

Sie war eng befreundet mit einem Knecht, von dem der Vater nichts wissen wollte. Er hieß Laust und lebte auf der anderen Seite des Tals.

Niels Lausten, sein Vater, hatte einen kleinen, verschuldeten Pachthof. Laust war das einzige Kind, und doch war für ihn nichts übriggeblieben. Die Leute behaupteten allerdings, dass der alte Niels reich sei, jedenfalls war er so geizig und knauserig, dass niemandem, der vorbeikam, auch nur sein Wagen geschmiert wurde, selbst wenn die Achsnägel qualmten. Jens Andersen freilich schien wohl Bescheid zu wissen, jedenfalls wollte er von der Liebschaft nichts wissen.

Während des Mittagessens war die Stimmung gedrückt

und angespannt. Jens Andersen saß am Tisch und pellte mürrisch seine Kartoffeln, die Schalen strich er kurzerhand an der Tischkante ab.

Niemand sagte ein Wort.

Seine Frau trug ein Tuch um die Stirn und vor dem Mund, ihr altes Gesicht war vollkommen ausdruckslos.

Anton wagte nicht, nach der Soße zu greifen, lautlos aß er seine Kartoffeln und sein Fleisch ohne Soße.

»Tunk ein!«, knurrte Jens Andersen mit einem Mal und schlug mit dem Messerschaft auf die Tischplatte.

Anton zuckte auf der Bank zusammen. Kurz darauf führte er sein Messer mit einer flachen Kartoffelscheibe an der Spitze ängstlich an die Soßenschüssel.

Karen aß mit verdrossener Entschlossenheit. Jedes Mal, wenn sie schluckte, drückte sie ihren Rücken durch und die Lippen lösten sich von ihren kleinen, starken Zähnen, sie schluckte große Portionen auf einmal.

Die Geranien im Fenster bekamen nur wenig Sonne. Und draußen auf dem Hof jaulte und rasselte der Wachhund, der nichts zu fressen bekommen hatte.

Am Nachmittag fuhren sie Mist. Karen stand am Misthaufen und lud auf. Sie erledigte die Arbeit von zwei Knechten. Anton lenkte den Ochsenkarren, und Jens Andersen verteilte den Mist auf dem Feld. Über dem Hof hing ein heftiger Amoniakgeruch, große Haufen fielen von dem armseligen Karren, das Schilfjoch der Ochsen ächzte.

Gegen Abend beendete der Mann die Arbeit und erklärte kurz angebunden, dass er ins Dorf müsse. Er zog den Mantel über, zuckte mürrisch mit dem Mund und stapfte schließlich die Hügel hinauf.

Fünf Minuten später ging Anton mit einer großen Scheibe Roggenbrot in der Hand aus dem Hoftor hinunter zum Fluss. Als die Belohnung verzehrt war, verfiel er in einen geruhsamen Trab und verschwand in Richtung Tal.

Und eine halbe Stunde später erschien Laust so, wie man ihn kannte, in geflickten Kleidern und Holzschuhen. Er war ein Bursche mit Gardemaß, in seiner Hose steckten lange, knochige Beine. Bartlos und hohlwangig war er, mit kleinen missmutigen Augen. Karen nahm ihn bei der der Hand und führte ihn in die Wohnstube.

Ihre Mutter hieß ihn willkommen, und der Bruchteil ihres Gesichts, der unter dem Kopftuch zu sehen war, schien gewitzt zum Leben zu erwachen.

Wortlos setzten sie sich an den Tisch. In der Stube war es fast dunkel, aus den Alkovenbetten im hinteren Teil des Raumes stieg ein süßlicher Dunst, der die Luft und die Trautheit des Raumes bestimmte.

Die Frau kam umgehend zur Sache, gedämpft sprachen sie die Angelegenheit durch. Kurz darauf holte sie ein dürres Talglicht aus der Waschküche und stellte es auf den Tisch.

Sie kamen zu dem Resultat, dass der Mann nicht nachgeben würde.

Karen bewirtete ihren Freund mit Bier und Schnaps, sie stellte Brot, Butter und Lammfleisch auf den Tisch.

Tja, dann werde er sofort wieder gehen, erklärte Laust schließlich und stand auf.

»Iss jetzt«, forderte Karen ihn bedrückt auf und legte Messer und Gabel zurecht.

»Nein!«

Laust verlegte sein Gewicht auf ein Bein und schlenkerte mit seiner Kappe wie mit einem Pendel. Das Licht warf Schatten in die großen Falten seiner Hemdsärmel. Die Handgelenke waren eine Achtelelle breit. Er war ein stattlicher Bursche, das bezeugte auch der Blick der Mutter, die ihm zublinzelte. Das alte Kopftuch drehte sich hin und her, abwechselnd sah sie ihn und ihre Tochter an. Karen stand mit gesenktem Kopf da.

Sie schwiegen unentschieden.

Im Schatten des Kopftuches zeigten sich unsagbar pfiffige Gesichtszüge. Die Frau hob einen Arm und sagte:

»Nun ja, Laust, das würde ich so nicht sagen. Wage es nur.« Sie fasste beide am Arm und blinzelte ihnen zu. Karen senkte den Kopf ganz, und Laust hob notgedrungen die Oberlippe und lächelte.

»Dann wird er schon nachgeben«, sagte die Frau, nickte bedeutsam und begann eifrig, die Mahlzeit anzurichten.

»Iss jetzt, Laust!«

Nachdenklich setzte sich Laust wieder und begann zu essen.

Auf dem Pflaster waren schwere Holzschuhtritte zu hören.

»Der Mann!«, flüsterte Karen inständig und griff Laust an die Schulter.

Die Tür sprang mit einem harten Schlag auf die Klinke auf, und Jens Andersen trat gebückt ein. Laust legte Messer und Gabel beiseite, schluckte und blickte auf. Jens Andersen stand still an der Tür, sprachlos vor Verbitterung. Die Frau räumte still den Tisch ab, ihr Gesicht war wieder so ausdruckslos wie das einer Leiche.

»Sitzt du hier und lässt dich mästen, du Dreckskerl!«, brach es in rasender Wut aus Jens Andersen heraus. »Da soll mich doch … Raus hier! Was willst du hier, du fadenscheiniger Lump! Du bist so erbärmlich, dass du einem schon leidtun kannst, Kerl! Raus hier und zwar sofort!«

Jens Andersen ging durch die Stube und stieß den Knüppel auf den Lehmboden, er bebte vor Zorn. Laust setzte seine Kappe auf und ging um den rasenden Alten herum zur Tür. Dort wandte er sich um.

»Er wird doch wohl nicht zuschlagen wollen, der alte Narr!«, sagte er aufgebracht. »Nein, ich werde diese Schwelle nicht wieder übertreten. Ha!«

Er warf die Tür zu und ging.

Jetzt kamen die anderen an die Reihe.

Jens Andersen schlug nach der Frau und riss ihr mit der Stockspitze das Kopftuch ab, ihr fast kahler Kopf zeigte sich in seiner rundlichen Armut. Ohne ein Wort zu sagen, verprügelte der Mann sie gründlich, und sie nahm es bereitwillig hin, stöhnte nur hin und wieder kurz auf, wenn ein Schlag sie allzu bitter traf.

Karen saß auf der Schlafbank und sah tatenlos zu, sie hatte so etwas viele Jahre erlebt, ohne dass es ihr je in den Sinn gekommen wäre dazwischenzugehen. Der Mann war ihr Vater.

Mit einem Mal ließ Jens Andersen seine Frau los und wandte sich Karen zu.

»Jetzt bekommst *du* eine Tracht Prügel!«

»Vater! Nein, das werdet Ihr bleiben lassen …« Das große Weibsbild zitterte am ganzen Körper.

Jens Andersen überlegte einen Moment, dann zog er den Rotz hoch und warf ihr einen vernichtenden Blick zu. Er fauchte verächtlich, ging in die Diele, stellte den Knüppel in die Ecke und setzte sich an den Tisch.

»Ihr könnt es ja noch mal versuchen!«, sagte er und knirschte mit den Zähnen. »Dieser fadenscheinige Lump! Ich will ihn hier nicht noch einmal sehen! Nichts als Dreck und Mist!«

Still band die Frau das Tuch um ihr Mumiengesicht und stellte das Abendbrot auf den Tisch.

Sie schnitt den Docht des Talglichts mit einer Docht-schere aus Messing ab, die einen spitzen Zacken hatte, um den Docht damit aus dem Talg zu heben. Einen Augenblick blieb sie stehen, die Schere in ihrer Hand zitterte.

Als sie beim Auftragen des Abendessens hin und her ging, ließen sich keinerlei Bewegungen in den groben Falten ihres Rockes wahrnehmen, sie sah aus wie ein Kegel mit ganz kurzen Beinen am unteren Ende.

Anton kam und schob sich so unauffällig wie möglich auf die Bank. Sie aßen die Milchgrütze wie gefräßige, misstrauische Hunde. Anton ließ die Augen unablässig hin und her schweifen.

Seit dieser geglückten List passte Jens Andersen genau auf. Karen war nie außerhalb seiner Sichtweite. Und Anton wurde vom Hof gejagt, damit der Mann sie besser im Auge behalten konnte; er und Karen verrichteten nun sämtliche Arbeiten, auf dem Hof wie auf dem Feld.

So vergingen zwei Monate, ohne dass Laust und Karen sich sahen.

Dann ging Laust die Sache auf andere Weise an, er wollte Geld verdienen, um ein würdiger Bewerber zu werden.

Im Herbst arbeitete er als Treiber bei einem der großen Viehtriebe, der nach Holstein zogen. Sie wurde in Hobro zusammengestellt und hatte den großen Markt in »Isseho« zum Ziel. Es gab gutes Geld zu verdienen, und wer wusste schon, was sich so ergeben würde. Außerdem war es ein munteres Leben.

Sie trieben die Rinderherde Tag und Nacht, knallten mit langen Peitschen und kamen durch fremde Städte. In unendlichen Regennächten schlichen sie auf aufgeweichten Straßen dahin, mühten sich mit Holzschuhstiefeln auf umgepflügten Äckern ab und mussten in der Dunkelheit

Gräben und Steinwälle überwinden, um verirrte Tiere zur Herde zurückzubringen. Die Kameraden waren lustige, raue Burschen, die in den rabenschwarzen Nächten Lieder sangen und sich gegenseitig aufzogen. Tag und Nacht, stets hatten sie das verwirrende Hufknirschen der Viehherde in den Ohren, das Brüllen und das Schlagen mit den Schwänzen. Hin und wieder rasteten sie zu den unterschiedlichsten Tageszeiten in einem Wirtshaus, tranken Branntwein und schliefen in frischen Strohhaufen.

Eines Nachts erreichten sie spät ein Wirtshaus nördlich von Skanderborg. Die Herde wurde auf einem Feld zusammengetrieben und ein langes Seil als Umzäunung um die Tiere gespannt.

Laust hatte geschuftet, er hatte mit der Peitsche geknallt und die Rinder gegen die Schultern getreten, um sie auf den rechten Weg zu bringen, nun hatte er die Arbeit beendet und wollte ins Wirtshaus. Er war hungrig und müde. Da hörte er wüste, üble Schimpfworte und einen gellenden Schrei – er lief hin. Vor dem Wirtshaus sah er eine dunkle Gruppe. In diesem Moment wurde die Tür des Wirtshauses aufgestoßen, und ein Mann mit einer Lampe kam heraus. Das Licht flackerte über Pfützen und Lachen, und dort, mitten im Dreck, lag einer der Treiber mit heftigen, krampfartigen Zuckungen. Das Blut sprudelte aus einem breiten Messerstich am Hals.

Laust hob den Kopf und hörte das leiser werdende Geräusch großer Stiefel, die auf der matschigen Straße schnell davonliefen; es war der Täter, der in die Dunkelheit flüchtete.

Der Treiber wurde ins Wirtshaus getragen und starb kurz darauf. Mehr gab es dazu nicht zu sagen. Verhöre wurden angestrengt und der Mörder gesucht.

Einige Tage später schlich Laust früh am Morgen aus dem Stroh und ließ die Arbeit im Stich. In zwei Tagen ging er nach Hause, um wieder bei seinem Vater zu leben.

Nun vergingen ein paar Monate, ohne dass sich irgendetwas änderte. Jens Andersen glaubte, alles wäre gut, er lockerte die Zügel ein wenig und war tagsüber umgänglicher. Er begann, sich nach einem besseren Mann für Karen umzusehen.

Eines Tages im November gingen alle drei in die Kirche.

Bei dieser Gelegenheit traf Karen Laust nach langer Zeit wieder, in der Vorhalle redeten sie miteinander, ohne dass ihr Vater es bemerkte.

Am nächsten Sonntag ging Karen allein in die Kirche, Jens Andersen ließ sie gehen.

Lange unterhielt sie sich mit Laust, er begleitete sie bis zum Fluss.

Am Montagabend erschien Laust auf den Hof. Jemand hatte ihn in der Dämmerung mehrere Stunden lang die Windungen des Flusses abgehen sehen, bevor er die Holzbrücke überquerte.

Jens Andersen saß bei einem Talglicht allein in der Stube und verzehrte sein Abendbrot. Die Frau war in der Küche, er hörte, wie sie Torf über dem Knie zerbrach. Licht fiel auf die Fensterscheiben, von draußen legte sich die Dunkelheit darauf, sie sahen aus wie schwarze Tafeln.

Plötzlich wurde die Türklinke hinuntergedrückt, und als Jens Andersen aufblickte, stand Laust vor ihm und sah ihn so merkwürdig an.

»Du Bettellump!«, fuhr der Mann erbittert auf, »da soll doch …«

Doch nun zog Laust seinen Arm hinter dem Rücken hervor, er hatte die große Holzaxt in der Hand.

Jens Andersens Gesichtszüge erstarrten, er schob sich hinter dem Tisch hervor – die Augen hingen wie festgenagelt an der Axt – und stieß die Küchentür auf. Als er sein Gesicht der Tür zuwandte, bekam er einen Schlag auf Nase und Mund. Die Frau stand mit einem Ofenhaken in der Dunkelheit.

»Jesus!«, schrie Jens Andersen und schlug die langen, in Lederärmeln steckenden Arme vors Gesicht.

Laust trat einen Schritt auf ihn zu und schlug ihm mit dem stumpfen Ende der Axt an den Kopf, der Hals bog sich unter dem Schlag.

Jens Andersen taumelte, er gab einen unartikulierten Laut von sich, rannte mit eingezogenem Kopf auf die Haustür zu und riss sie auf. Draußen in der Dunkelheit stand Karen mit einem Spaten, den sie ihm unters Kinn stieß. Im selben Moment war Laust bei ihm und schlug ihm die Klinge in den Hinterkopf.

Der Mann sank in der Türöffnung vornüber und jammerte leise. Doch nur einen Augenblick, dann fiel er auf die Seite und war still.

Laust warf die Axt fort, trat über ihn und griff nach Karen. Er fasste mit dem rechten Arm um ihren Rock und ein Bein, legte den anderen Arm um ihren Hals, hob sie hoch und trug sie rasch hinüber zur Scheune.

Jens Andersens Ehefrau kam langsam aus der Küche. Sie sah auf den Mann, der regungslos vor ihr lag. Sie ging nicht zu ihm, sie nahm die Dochtschere und schnitt den Kerzendocht ab. In der Stube wurde es heller.

Diese Schere – sie blieb mit ihr in der Hand stehen. Viele, viele Jahre hatte Gott ihre Hand in Versuchung gebracht, die Spitze sollte in seinem Auge sitzen, das war gleichsam vorherbestimmt. Niemals war es jedoch so weit gekommen.

Nun war es auch egal.

Sie überlegte noch einmal, legte die Schere dann aber an den Fuß des Kerzenleuchters.

Lange, ja, ewige Zeiten der Verkrüppelung ihres Gemüts lösten sich in nichts auf, sie fühlte sich so wohl und gleichzeitig so erschöpft. In dem dreieckigen Regal hinter dem Tisch stand ein Gesangbuch, sie griff danach, setzte sich und las.

Die Tür stand auf zur Dunkelheit der Diele, die Kerze brannte wie ein kleiner, gelber Tropfen, das Kopftuch ragte weit über den Kopf der alten Frau hinaus, ihr Gesicht lag im Schatten, sie murmelte und flüsterte die Worte der Psalmen …

Am nächsten Tag wurden alle drei verhaftet und nach Hobro gebracht. Der Mord war so brutal und ohne jede Umsicht ausgeführt, dass der Fall in kurzer Zeit abgeschlossen werden konnte; außerdem legten alle drei ein vorbehaltloses Geständnis ab. Laust Nielsen wurde zum Tode verurteilt, Mutter und Tochter bekamen lebenslang Zuchthaus.

An einem stillen, schneeweißen Januartag wurde Laust auf der Graabøller Heide hingerichtet. Viele Menschen aus der Gegend hatten sich versammelt.

Als der Kopf gefallen war – Laust hatte die letzten Stunden vor dem Tod verstört geweint –, drängte sich sein Vater, der alte Niels, der sich unter den am nächsten Stehenden befand, ganz dicht an die Richtstätte. Der alte Mann trug einen ungefärbten Flaus und einen vergilbten Filzhut auf dem Kopf. Das Alter ließ ihn ein wenig zittrig erscheinen.

Der alte Niels blickte mit seinem weißbärtigen Gesicht zu dem Amtsrichter auf und fragte still und devot:

»Darf ich die Klotschen ha'm?«

Die Holzschuhe des Delinquenten waren fast neu und hatten gute Krampen. Doch fielen sie traditionsgemäß dem Henkersknecht zu, dem sie, wie sich herausstellte, auch passten.

STILLES WACHSEN

Menschen, die auf der Straße vorbeigingen, konnten einen langen Büchsenlauf erkennen, der unauffällig aus einem der Fenster im Haus des Kaufmanns ragte – des Fensters, von dem aus man in den Garten sehen konnte. Der eine oder andere blieb in der Dämmerung stehen und fragte sich, was das zu bedeuten hatte. Es war ganz still im Dorf. Es war ein Abend im September.

Als der Schuss fiel, liefen einige Dorfbewohner sofort hinüber zum Garten, um zu sehen, was passiert war. Sie sahen den Kaufmann, wie er mit einer toten Eule, die er am Flügel trug, vom Starenkasten kam.

Niels Kristian hatte sie geschossen. Niels war bis vor kurzem bei den Soldaten gewesen. Ein guter Schuss, darüber war man sich allgemein einig. Am Zaun hing ein Bauer mit einer lebenden Eule, die der Kaufmann im Starenkasten gefangen hatte, als sie hineingeflogen war, um Schaden anzurichten. Dann hatte er sie in den Bauer gesperrt und Niels Kristian gebeten, sich mit der Büchse ans Fenster zu legen und die andere Hälfte des Eulenpaars abzupassen, wenn sie angeflogen kam.

»Ein Mistvieh weniger«, erklärte der Kaufmann und schleuderte die tote Eule aufs Pflaster.

»Soll die hier nicht auch getötet werden?«, erkundigte sich Niels. »Sie hat doch ihre Schuldigkeit getan.« Er steckte die Hand durch die Luke des Bauers und zog den

Lockvogel heraus. Eine Weile betrachteten sie den Sünder, der im Halbdunkel seine gelben Augen rollte und unablässig versuchte, um sich zu hacken. Niels zerschmetterte den Kopf an der Ecke des Hauses.

Vier, fünf Burschen waren dazugekommen, und da sie nun schon einmal da waren, fingen sie rasch an, sich zu unterhalten. Der Kaufmann holte Bier aus dem Laden, dabei hatte er sich die Flaschen zwischen sämtliche Finger geklemmt – ganz erstaunlich! In aller Ruhe setzten sie sich an den Rand des Straßengrabens.

»Du schießt verdammt gut«, sagte Jørgen Pors zu Niels Kristian und stieß mit ihm an. »Immerhin hast du sie im Flug erwischt.«

Niels nickte bescheiden.

»Ich glaube, von nun an werden sie meine Starenkästen in Ruhe lassen«, meinte der Kaufmann.

Sie redeten über alles Mögliche, und so verging eine halbe Stunde. Hin und wieder wurde eine Flasche an den Mund gesetzt.

Mit einem Mal fing Jakob, der Knecht aus dem Wirtshaus, glucksend an zu lachen, ihm war etwas eingefallen.

»Wisst ihr eigentlich schon das Neueste? Peter Baks Kirstine wird heiraten.«

»Nein, im Ernst?«, rief Jørgen Pors hochinteressiert.

Jakob aus dem Wirtshaus ließ Niels Kristian nicht aus den Augen, denn ihn betraf die Neuigkeit am ehesten; allerdings ließ Niels sich nichts anmerken, und er kommentierte es auch nicht.

»Hattest du nicht was mit ihr?« Jakob gab nicht auf.

Niels Kristian hob die Flasche, und kurz bevor er sie ansetzte, warf er beiläufig in die Runde: »Wer hat dir denn dieses Märchen erzählt?« Er trank und stieß geräuschvoll die Luft durch die Nase aus, er leerte die Flasche und ließ sich viel Zeit dabei.

»Nein, nein, damit hat mich keiner zum Narren gehalten«, versicherte Jakob ein wenig aufgebracht. »Sie soll Poul Kjærsgaard heiraten; es heißt, er habe sie verführt. Ich weiß das genau.«

»Ach, Lügengeschichten!«, lachte Jørgen Pors, um Niels Kristian zu Hilfe zu kommen.

»Ich hab's auch gehört«, ließ der Kaufmann fallen.

Dann schwiegen sie. Niels Kristian hatte keine Zweifel mehr. Er verspürte einen großen Schmerz, die Gedanken der anderen kamen ihm wie drohend aufgerissene Mäuler vor. Er wusste, dass er jetzt zum Gespött aller würde – was ja auch nicht sonderlich schwer war. Es bedurfte nur eines kleinen Signals, und sie würden mit Spott und aller nur denkbaren Schadenfreude über ihn herfallen. Und ihm fehlte die Kraft, das Gespräch auf ein anderes Thema zu lenken; einfach aufstehen und gehen konnte er aber auch nicht, denn dann würde ihm das Gelächter sofort in den Ohren dröhnen. Niels dachte rasch und angestrengt nach – noch waren sie ruhig –, was sollte er tun …?

Jørgen Pors war bereit für die erste bissige Bemerkung, und ihm konnte eine Menge Unfug einfallen, da kam Niels instinktiv auf eine Idee. Die Büchse stand hinter ihm, er griff danach und legte sie sich auf die Knie. In einem der Läufe steckte noch ein Schuss, alle schielten auf die Waffe. Niels Kristian war wieder Herr seiner selbst.

»Seit Tagen bin ich draußen auf unserem Werder hinter einem Fuchs her«, teilte er vollkommen ruhig mit. »Deshalb lass ich euch jetzt allein.« Langsam erhob er sich und blieb noch einen Moment stehen, damit es nicht so aussah, als würde er vor ihnen davonlaufen.

»Danke, dass du den Vogel für mich gejagt hast!«, sagte der Kaufmann.

»Gern geschehen!«

Niels ging, und bei den ersten zwanzig Schritten hatte er das Gefühl, als hätte sein Rücken Ohren, so genau achtete er auf sie. Aber solange er die Burschen hören konnte, lachten keiner von ihnen.

Auf dem Weg wollte Niels Kristian es sich selbst nicht eingestehen. Doch als er anfing nachzudenken, kam eines zum anderen. Drei Tage war es erst her, seit er mit Kirstine gesprochen hatte, und da hatte er nichts bemerkt. Sie hatte seinen verliebten Worten zugehört und dabei natürlich an den anderen gedacht, sie hatte Niels mit dem Mund und Poul mit dem Herzen gesagt. War sie tatsächlich verführt worden?

Niels ging jetzt hastiger, ihm war etwas eingefallen, was ihn einigermaßen aufbrachte. Vor nicht allzu langer Zeit hatte er Kirstine geradezu angefleht, er erinnerte sich noch sehr lebhaft daran. Aber sie hatte ihn zur Ordnung gerufen, so und so, Ansehen und Ehre, was würden die Leute wohl sagen … und Niels hatte sich um Recht und Vernunft willen gefügt. Jetzt sah er Poul Kjærsgaard vor sich, diesen massigen Kerl mit den roten Pickeln, es ärgerte ihn, und er lief jetzt noch schneller, als wollte er seinen Qualen entkommen. Niels stellte sich die Burschen vor, die am Straßengraben saßen und sich vor Lachen kaum halten konnten; und er stellte sich vor, wie Kirstine, ein großes, vernünftiges Mädchen, in weiter Ferne auf Poul Kjærsgaards Hoftor zuging und nicht stehen blieb. Und jedes Bild, das in ihm aufstieg, glich einem bösen Geschöpf, das ihn ärgerte, das er nicht sehen, das er fortjagen wollte. Und je länger er lief, desto unglücklicher wurde er. Blindlings folgte er dem Weg und geriet ins Schwitzen.

Niels Kristian diente als Knecht auf dem Hof von Anders Holmgaard, dem Werderhof. Es war eine gute Stelle, und Niels hatte sich mit seiner Arbeit Achtung erworben. Bevor er dorthin kam, war er durchaus tüchtig und umsichtig gewesen, so wie die meisten anderen Knechte auch. Und doch galt es als Auszeichnung, auf dem Werderhof zu arbeiten. Niels Kristian wurde geschätzt, und daher verhielt er sich auch anständig und dankbar. In der letzten Zeit, als er und Kirstine sich einig geworden waren, hatte er sich sogar besonders wohlgefühlt und war geradezu vertrauensselig geworden.

Und nun lag plötzlich alles in Trümmern.

Niels überquerte das Stoppelfeld, schlich dicht unter der Dachtraufe durch das schmale, dunkle Hoftor und bog um die Ecke des Stalls. Er öffnete die geteilte Stalltür, und der warme, süßliche Geruch der Pferde schlug ihm ins Gesicht. Die Pferde standen im Dunkeln und kauten ganz gleichmäßig; er hörte, dass sie ihm die Köpfe zuwandten, da das Geräusch lauter wurde. Als sie ihn erkannt hatten, steckten sie ihre Mäuler wieder in den Häcksel und schlugen gutmütig mit den Schwänzen.

Niels Kristian tastete sich zur Kammer der Knechte vor, in den Dunst ungelüfteter Bettdecken. Anton, der jüngste Knecht, schlief und bekam dabei nur mühsam Luft; neun kerngesunde Lispfund vegetierten dort bewusstlos vor sich hin. Niels nahm die Streichhölzer aus der Tasche, zündete die Lampe an, stellte sie auf den Tisch und begann, sich auszuziehen. Er hängte die Uhr an die Mauer und legte das Halstuch aufs Fensterbrett. Als er zu den

Hemdsärmeln kam, ging ihm durch den Kopf, dass es noch zu früh war, um zu Bett zu gehen. Er sah sich in der Kammer um.

Anton schwitzte unter seinen Decken, er sperrte den Mund so weit wie möglich auf und sein Schnarchen klang wie ein Saugbagger. Spinnweben hingen im Halbdunkel der Ecken, und auf dem Boden lagen Holzschuhstiefel und alte, klebrige Strohwische. Kein sonderlich erfreulicher Anblick.

Niels griff an den Deckenbalken und zog einen Ladestock herunter, an dessen Ende sich ein Krätzer in Form eines Korkenziehers befand. Damit fischte er die Ladung aus der Büchse und hängte sie an ihren Platz. Was nun? Da er keine weitere Beschäftigung hatte, musste er schweren Herzens einmal mehr an sein Scheitern denken. Er ging mit der Lampe eine Runde durch den Stall und leuchtete in die Häckselkiste, um zu kontrollieren, ob Anton etwas geschnitten hatte; dann kehrte er zurück in die Kammer und setzte sich mit der Hand unter dem Kinn an den Tisch.

Ja, mit der Hand unter dem Kinn. Er fühlte sich hundeelend. Der Groll war verflogen, nun seufzte er und kämpfte mit sich. In ihm wogten die Gefühle, die Gedanken kreisten in immer größer und größer werdenden Zirkeln. Er empfand dabei Lust und Erlösung zugleich und wurde immer stärker von diesem Rhythmus bedrängt. Du treuloses Mädchen, dachte er, und dieser Gedanke kehrte wie ein Refrain immer wieder zurück. Wie konntest du mich nur betrügen …

Niels Kristian schüttelte betrübt den Kopf; die Melodie von »In Straßburg lebte ein Adelsmann so reich« kam ihm in den Sinn und arbeitete leise und wohltuend in seiner Kehle. Kummer und Schmerz hatten ihn indes noch immer fest im Griff. Und wie von selbst entstanden zwei Verszeilen in Niels Kristians gequälter Seele. Es berauschte ihn, nie zuvor hatte er gedichtet, niemals.

Niels streifte die Holzschuhe ab, erhob sich und ging in der Kammer auf und ab. So viele Worte passten zu der Melodie, er überließ sich diesem Schwindelgefühl, er ließ sich treiben. Und als er die Strophe beendet hatte, war er zutiefst verblüfft, ein herzliches Gefühl der Vergebung war die Folge seines inneren Reichtums. Er sang die Strophe noch einmal vor sich hin und fand sie vortrefflich; es brachte den Schmerz zurück, den er hineingelegt hatte, doch dieser Schmerz wurde nun von etwas Süßem begleitet.

Niels war erhitzt und unruhig, er spürte es, als er sich besann und die düstere Stimmung sich wieder einstellte – er zog die Holzschuhe an und verließ die Kammer, er war durstig.

Nachdem Niels einen Eimer aus dem Brunnen gezogen und seinen Durst gestillt hatte, hatte er einige Minuten das Gefühl, sein Gleichgewicht wiedergefunden zu haben. Doch dann sah er erneut Poul Kjærsgaard vor sich, und der Hass rollte in weißen Wogen durch seine Seele, und auf dem Kamm jeder Schaumsee peitschte dieser verdammte Satan das Wasser auf. Niels schlich zurück in die Kammer und durchlebte die schlimmsten Qualen. Auf vielen Umwegen gelang es ihm, sich erneut in den Zustand zu versetzen, in dem sein Bewusstsein gleichsam harmonierte. Eine weitere Strophe entstand. Niels wiederholte beide, seufzte tief und hielt inne. Kurz darauf durchdrangen ihn wieder die Schmerzen. Und dieses Befinden dauerte an.

Anton schwitzte und schnarchte unbeirrt weiter, unermüdlich schob sich die Luft durch Nase und Rachen. Im Stall schnaubten die Pferde. Und aus dem Kuhstall war hin und wieder eine Kuh zu hören, die ihre Kette an der Stange entlangzog. Sonst lag nächtliche Ruhe über dem ganzen Hof und seiner Umgebung.

Als der Morgen vor den Fenstern graute, blickte Niels Kristian vom Tisch auf und war von sich selbst angenehm überrascht. Vor ihm stand das Tintenfass, er schrieb beim Schein der Lampe. Ja, tatsächlich. Die Tinte war hellblau, und Niels hatte elf Strophen verfasst. Nun las er das ganze Lied noch einmal, dann wandte er den Kopf ab und lachte in sich hinein, so kindisch vergnügt war er. Er versteckte das Lied in seiner Truhe, fand bei dieser Gelegenheit eine Spiegelscherbe und betrachtete sich. Mit dem Gefühl, etwas Wesentliches erlebt zu haben, ging er endlich zu Bett.

In der folgenden Zeit wurde Niels Kristian kaum gesehen. Nachdem Kirstine Poul Kjærsgaard geheiratet hatte, verlor sich schon bald das Interesse an Niels; niemand kam auf die Idee, sich über die lange Nase lustig zu machen, die man ihm gezeigt hatte. Im Gegenteil, er genoss große Anerkennung, denn sein Lied hatte sich weit verbreitet. Anfangs hatte Niels es nur für ein paar gute Freunde gesungen, doch sie hatten es weitergetragen und Abschriften in Umlauf gebracht, und nun konnte es beinahe jeder singen.

Kamen junge Leute zusammen, wurde die neue traurige Weise gesungen, und die Mädchen legten den Kopf schief, berührt von diesem Abbild des Kummers einer dahinsiechenden Existenz.

In der Vorstellungswelt der Menschen war Niels Kristian in eine seltsame Ferne gerückt; er schien ihnen erst sehr nahe zu sein, wenn er nicht zugegen war – und umgekehrt. Man stellte sich ihn als einen Mann mit einem sanften Gesicht und tief blickenden Augen vor.

Denkbar ist, dass Niels ahnte, wie die Leute ihn sahen. Zumindest wurde er zu einem stillen Menschen mit einem milden und schwermütigen Blick. Niels hatte A gesagt, und er sagte auch B und trug seinen heimlichen Kummer Jahr um Jahr mit sich. Mit der Zeit bekam er einen Zug um den Mund, der die Welt daran erinnerte, dass sie ihm eigentlich sehr viel schuldete. War Niels Kristian in Gesellschaft anderer, stand er immer ein wenig abseits, mit herabhängenden Armen und einem Gesicht voller Herzensgüte, wie es derjenige zeigen kann, der über das Wissen und die Sehnsucht nach dem *Anderen* und dem *Mehr* des Daseins verfügt. Nehmt mich, wie ihr wollt, sagten seine Augen – egal, Hauptsache, man akzeptierte, dass er mit einer höheren inneren Bestimmung durchs Leben ging.

Manch einer wandte sich an Niels und bat ihn um eine Abschrift des Liedes, und es tat ihm aufrichtig leid, dass er keine mehr hatte. Doch kurz darauf hatte sich dann doch noch ein mit blauer Tinte geschriebenes Exemplar gefunden, das er ihnen schenken konnte.

Die Zeit verging, die anderen Knechte heirateten, Niels kam jedoch nie über sein Lied hinweg. Er kämmte sein Haar mit einem nassen Kamm neutestamentarisch über den Kopf. Mit den Jahren wurde er fett. Immer mehr prägten der teuer erkaufte Friede und die Stille seine Züge. Er war in einem engen Winkel auf die Welt gekommen, aber nun denn? Er hatte gelernt, wie segensreich es ist, zu ertragen und zu entsagen. Er selbst sprach davon, auf die Schattenseite des Lebens geraten zu sein.

Niels Kristian ist inzwischen Mitglied der Inneren Mission.

Und doch ist es noch immer schwer zu entscheiden, was in seinem Werdegang echt und was unecht war.

DER AUSSIEDLERHOF

Ein Stück südlich des Dorfes Graabølle ist auf dem Feld ein viereckiger, von verwachsenen Hecken eingezäunter Platz zu erkennen. Die Stelle ist überwuchert mit dürrem Unkraut, Rainfarn und Quellern, hier und da lässt sich ein Büschel Meerrettichblätter sehen. Ganz offensichtlich gab es hier einen Gemüsegarten. Und einige Mauerbrocken zeigen, dass dort auch Gebäude gestanden haben müssen. Es ist noch keine fünfzig Jahre her, seit der Hof, der hier stand, abgerissen wurde.

Der Jäger aus Lindby könnte die Geschichte dieses Fleckens erzählen.

Den Hof hatte man aus Graabølle ausgelagert, zwei junge Leute sollten ihn bewirtschaften. Es gehörte viel Land dazu, allerdings war es ausschließlich Heide. Nach einem Menschenalter würde man dort vielleicht einen rentablen, guten Hof betreiben können.

Es hatte den Anschein, dass Hans, den Mann, diese Perspektive entmutigte, noch bevor er angefangen hatte; sicher ist, dass er schon bald nach der Heirat anfing zu trinken. Der jungen Frau soll der Mund nicht stillgestanden haben, und so ist es durchaus denkbar, dass ihr Mann deswegen ungeduldig wurde. Jedenfalls war er selten zu Hause.

Eines Tages im Herbst traf Hans sich mit einigen Männern aus Graabølle. Sie fingen an zu saufen, und noch vor dem Morgengrauen hatte Hans den Hof für weniger als ein Drittel seines Werts an Anders Mogensen aus Graabølle verkauft.

Einen Tag später kam Anders Mogensen mit seinen Zeugen, um auf seinem Recht zu bestehen.

Hans ließ sich nicht blicken. Dafür aber seine Frau. Sie war schwanger, stand an der Tür und beschimpfte die Männer, wie sie noch nie beschimpft worden waren; es anzuhören, war hässlich. Also gingen sie wieder – direkt zum Amtmann, um Hans zu verklagen.

An dieser Stelle ist anzumerken, dass Hans nicht aus der Gegend stammte, sondern als junger Mann aus der Umgebung von Randers dort hingezogen war.

Einige Tage später begegneten sich Hans und Anders Mogensen zufällig auf dem Feld. Hans nutzte sein Mundwerk, sie beschimpften sich heftig. Und plötzlich ging Hans auf Anders Mogensen los. Anders hob jedoch rasch seinen Stock und stieß ihn Hans in den Mund.

Nun zog Hans vor Gericht. Unter Eid wies er eine lange Wunde am Gaumen vor. Allerdings gab es keine Zeugen. Das Gericht kam zu dem Urteil, dass die Wunde nicht mit Sicherheit vom Beschlag eines Spazierstocks herrühren *musste*. Damit war der Fall erledigt.

Kurz darauf verließ »der neue Mann« verstört den Hof und seine Familie und zog zurück in seine Heimat.

Nun musste auch die Frau den Kampf aufgeben. Sie begann, das Inventar zum elterlichen Hof auf der anderen Seite des Flusses zu bringen.

Anders Mogensen jedoch hielt die Augen offen, und eines Vormittags stand er wie aus dem Boden gewachsen mit zwei Zeugen auf dem Hof und erklärte, der Umzugswagen sei mit illegalem Hab und Gut beladen. Die Frau habe sich an niet- und nagelfesten Dingen vergriffen.

Am nächsten Morgen war die junge Frau nicht aufzufinden. Schließlich wurde sie auf dem Dachboden entdeckt. Dort hing sie in großen, abgetretenen Holzschuhen unter dem Hahnenbalken. Sie hängen zu sehen, war ein trauriger Anblick, da sie ein Kind unter dem Herzen trug.

Die Familie begrub sie, und Anders Mogensen übernahm den Hof. Von Hans hörte man nie wieder etwas.

In den ersten Jahren betrieb Anders Mogensen den Aussiedlerhof so, dass er einige seiner Leute tagsüber dort hinschickte, und wenn sie ihre Arbeit verrichtet hatten, kehrten sie abends auf seinen Stammhof zurück. Hatte zunächst die unmittelbare Notwendigkeit zu dieser Regelung geführt, so wurde es nach und nach gewohnte Praxis. Es war selbstverständlich, dass das Gesinde nach getaner Arbeit abends nach Hause zurückkehrte. Und eine Selbstverständlichkeit ändert man nicht. Etliche Jahre wohnte niemand auf dem Hof. Das Wohngebäude wurde tagsüber zwar genutzt, wenn die Knechte und Mägde dort aßen, doch sobald sie das Vieh versorgt hatten, kehrten sie eilig nach Graabølle zurück.

Die Leute wussten, dass nach Sonnenuntergang niemand mehr auf dem Aussiedlerhof war. Die vier düsteren Gebäude lagen weit draußen auf dem offenen Feld wie vier Tiere, die sich ungeschickt und kantig zurechtgelegt haben, um einander zu wärmen. Es brannte kein Licht in den Fenstern, und das ist eigenartig, wenn man gewohnt ist, auf einem Hof abends Licht zu sehen. Der Giebel, der in Richtung des Dorfes zeigte, hatte zwei kleine Fenster oben und eine Klappe in der Mitte; er glich einem Gesicht, das stets einen schmerzlich blinden und betäubten Ausdruck zeigte, wie nach einem Tritt auf Nase und Mund. Jeden Abend starrte dieses jammervolle

Gesicht in der Dämmerung einsam und beharrlich nach Graabølle.

Seit langem wusste ein jeder, dass es auf dem Aussiedlerhof spukte.

Einige Jahre, nachdem Anders Mogensen den Hof übernommen hatte, beschloss er jedoch, ihn seiner Tochter Ane als Mitgift zu schenken. Sie sollte den Sohn von Søren Rytter heiraten, der Gardesoldat gewesen war, die beiden wollten auf dem Hof wohnen. Die Hochzeit wurde fürs Frühjahr festgesetzt.

Im Laufe des Winters beschloss Anders Mogensen, dem Verruf, in den der Hof gekommen war, ein Ende zu setzen, und aus diesem Grund schickte er den Jäger aus Lindby mit drei Knechten auf den Hof, um dort eine Nacht aufzupassen. Anders Mogensen ging davon aus, dass sie am Morgen zurückkommen und jeden auslachen würden, der an Geister glaubte.

Den drei Knechten war insgeheim gar nicht wohl zumute, nur der Jäger aus Lindby nahm die Sache nicht sonderlich ernst. Er, der Jäger, der Nachtmensch, hatte keine Angst in der Dunkelheit.

Als es Abend wurde, zündeten sie Licht in der Stube an, und der Jäger aus Lindby warf mit amüsierter und sorgloser Miene ein Kartenspiel auf den Tisch.

»Um wie viel spielen wir?«

Seine Gelassenheit übertrug sich auf die Knechte, und schon bald lenkte das Spiel von jeder Furcht und Umsicht ab, sodass der Abend wie im Flug verging.

Es war bereits nach Mitternacht, als einer der Knechte plötzlich mit dem Spiel innehielt und ins Leere starrte.

»Still!«

Sofort waren alle vier ruhig. Die Luft schien ineinanderzufließen und sich zu verdichten. Das Dasein zog sich zusammen, vier Seelen gerieten in Atemnot. Der Jäger hob seinen großen, weißgrauen Kopf und blickte nach oben. Alle blinzelten gleichzeitig und sahen sich an, dann starrten sie wieder vor sich hin und lauschten. Einer der Knechte leckte sich die Lippen.

Auf dem Dachboden ging etwas vor. Etwas Schweres wurde über die Dielen geschleppt. Das Geräusch hielt so lange an und war so unselig, so voller Wucht und einsamer Mühe.

»Was mag das wohl sein?«, flüsterte einer der Knechte mehr zu sich.

In diesem Moment schien es, als mache sich jemand von außen an der Tür zu schaffen, rasch und brutal, von der oberen Kante über die ganze Tür bis hin zum Schloss, es wurde daran gerüttelt, sie *sahen*, wie die Klinke sich auf und ab bewegte. Und dann – nichts mehr.

Die vier Männer blieben noch ein paar Minuten sitzen. Dann standen sie auf, todmüde und nach dem Grauen erschöpft. Der Jäger nahm die Büchse aus der Ecke, und so dicht beieinander wie möglich verließen sie das Haus und machten sich auf den Weg nach Graabølle.

Anders Mogensen war einigermaßen unzufrieden, als sie so früh zurückkamen. Ihre Erklärung schlug er in den Wind und hielt sie für betrunken.

»Wahrlich nicht!«, versicherte der Jäger. »Wie sollten wir auch? Wir hatten ja nicht einen Tropfen Schnaps dabei. Sieh uns an, wir sind so nüchtern wie neugeborene Kälber.«

»Ja, ja, ihr seid mir schon ein paar brave Burschen«, erwiderte Anders Mogensen. »Aber es ist es nicht wert, dass ihr darüber redet.«

Nein, sie sollten damit aufhören.

Und dabei blieb es vorläufig.

Im Frühjahr setzte Anders Mogensen den Termin für die Hochzeit seiner Tochter fest, und das mit großem Getöse. Und da es zu Hause zu wenig Platz gab, sollte das Fest auf dem Aussiedlerhof stattfinden. Die Leute fanden diese Entscheidung zunächst eigenartig, bei genauerem Nachdenken hielten sie es freilich für eine richtige und kluge Entscheidung. Es war eine ausgesprochen vernünftige Maßnahme, das Fest auf dem Hof zu feiern.

Der Tag kam, und vom frühen Morgen an strömten die Menschen heran. Anders Mogensen persönlich stand ohne Kopfbedeckung auf dem Hof und empfing die Gäste mit einem Begrüßungstrunk. Musikanten marschierten auf dem Pflaster vor dem Festsaal und bliesen. Es kamen sehr viele Gäste, das Wetter war gut, alle freuten sich auf das Fest.

Nach dem Kirchgang begann das Festessen, das sich mit kurzen Verschnaufpausen bis in die Abendstunden zog. Die Leute waren gut gelaunt, ja, mehr als das – als der Tanz begann, schien die Menge ein einziges großes Ganzes zu sein. Denn mit den Menschen verhält es sich wie mit allen anderen Dingen in der Natur – sie brauchen Wärme, um zu verschmelzen.

Der Jäger aus Lindby, der auch an dem Fest teilnahm, konnte seither berichten, welches Ende es nahm.

Alle hatten genug zu essen bekommen, erzählte er, und alle hatten auch viel getrunken; er gehörte vermutlich zu denen, die recht viele Schnäpse getrunken hatten. Und ganz sicher gab es unter den Gästen nicht einen, der an irgendetwas Böses dachte, auch der Jäger aus Lindby nicht, wie er selbst sagte. Die Jugend tanzte in der großen Stube, und auch in den anderen Räumen ging es munter zu, die Menschen unterhielten sich und waren bester Laune. Im ganzen Haus standen sämtliche Türen offen.

Das Brautpaar hatte das Fest noch nicht verlassen, allerdings wurde es allmählich Zeit, daran zu denken; Søren Hansen sprach gerade davon und brachte die Gäste zum Lachen – Søren Hansen machte ja gern Späße, solange er lebte. Es war bereits nach Mitternacht, doch eigentlich dachte niemand daran, wie spät es möglicherweise war, schließlich sollte das Fest zwei Tage dauern.

Als es geschah, lehnte der Jäger aus Lindby am Türrahmen zur großen Stube. In einem der Zimmer wurde getanzt, in dem anderen spielte man Karten und prostete sich übermütig zu. In sämtlichen Zimmern brannte Licht, die Gäste rauchten Tabak, im ganzen Haus hingen Rauch und Dunst.

Und plötzlich ertönte ein Schlag über all ihren Köpfen. Es war grässlich. Niemand wusste, wo er herkam, es klang, als würde eine lange Angelrute oder eine Latte unter sämtliche Zimmerdecken geschlagen, und zwar mit weit größerer Kraft als ein einzelner Mann aufbringen könnte; ja, es war ein Schlag, als sollte der gesamte Hof auseinanderbrechen. Es war jemand, der ernsthaft Böses wollte.

Und die Menschen erschraken! Anders Mogensen stand direkt neben dem Kachelofen, und der Jäger erzählte später, dass der Mann einfach auf die Knie sank. Es war kein schöner Anblick, denn Anders Mogensen stand normalerweise fest auf beiden Beinen! In sämtlichen Räumen sperrten die Gäste Mund und Augen auf. Und waren still. Doch es dauerte nur einen Moment, dann erwachten sie zum Leben, liefen durcheinander und stürzten, auf welchem Weg auch immer, nach draußen; und diejenigen, die bereits draußen waren, rannten so schnell sie konnten davon. Auch der Jäger hatte zugesehen, dass er davonkam, denn er war nicht sonderlich mutig, wie er gestand. Es dauerte keine zwei Minuten, bis kein Mensch mehr auf dem Hof zurückgeblieben war.

So endete die Hochzeit.

Der Hof wurde daraufhin abgerissen und zwischen den anderen Höfen im Dorf wieder aufgebaut. Fast schien es, als hätte er seinen Willen bekommen.

THOMAS VOM BRÜCKENHOF

Kürzlich starb ein Mann, der als der halsstarrigste Mensch in Himmerland bekannt war. In seiner Jugend stand Thomas in dem Ruf, sehr schnell Schlägereien zu provozieren, und noch lange wurde darüber geredet, wie er sich wegen Hans Nielsens Jørgine geprügelt hatte. Es geschah in einer Johannisnacht.

Die Dorfjugend hatte sich auf dem Mühlberg ums Johannisfeuer versammelt. Jedem Burschen wurde sein »Lamm« zugeteilt, Per Andersens Jesper las die Liste unter großer Heiterkeit vor. Poul, Søren Kristians Sohn, bekam Jørgine – und das war ein von Jesper durchaus verdächtig eingefädeltes Arrangement. Poul saß nun neben Jørgine im Gras.

Das Feuer brannte, an einer Stange hatte man eine Teertonne befestigt, die innen wie außen loderte. Laut und vernehmlich fuhr der Wind in das weißglühend leuchtende Spundloch, innen spielten die heißen Flammen. Schnalzend und schmatzend schlug das Feuer aus der Tonne, der Rauch quoll hinauf in die Dunkelheit.

Die Mädchen saßen in einer langen Reihe am Feldrain. Das Feuer beleuchtete sie, Schatten flackerten über ihre Schürzen. Die Burschen standen in Grüppchen beieinander, riefen sich etwas zu und alberten herum, einige hockten bei den Mädchen und verdrehten ihnen die Köpfe. Die Nacht war dunkel und mild, feucht vom Tau des sprießenden Grases.

Schatten schoben sich über die Hänge des Hügels, wenn die Burschen ums Feuer tanzten. Dann sah der Hügel aus wie ein großes, sich drehendes Rad, dessen Speichen die langen Schatten bildeten.

Ein Lied wurde gesungen, und die jungen Männer riefen Hurra, als in den Nachbardörfern die Feuer entzündet wurden. Sie heckten Scherze aus, und einer von ihnen packte einen kleinen Jungen und warf ihn wie einen toten Gegenstand in die Gruppe der Mädchen; sie kreischten, als der Junge in Jørgines Schoß fiel. Sie streichelte und umarmte ihn, obwohl er sich wehrte.

Atemlos und mit geheimnisvoller Miene kam ein Bursche den Hügel hinauf. Er trug etwas in seiner Mütze, das er Jørgine zeigen wollte. Wieder schrien die Mädchen auf, denn in der Mütze lag ein zusammengerollter Igel. Nachdem man sich eine Weile mit dem kleinen Tier amüsiert hatte, legte der Bursche den Igel etwas abseits auf die Erde, dort lag er wie eine Kugel, ohne dass er es wagte, sich zu entrollen.

Das Feuer prasselte munter, Funken stoben auf und flogen durch die Dunkelheit, taumelten zu Boden und erloschen.

»Da kommt jemand mit einer Fackel!«, riefen die Burschen. Tatsächlich war ziemlich weit entfernt eine rote Flamme zu sehen, die sich zwischen all den anderen Feuern der Dörfer bewegte. Man folgte dem wandernden Stern, der offensichtlich die Landstraße entlangging. Kurz darauf war an der wippenden Bewegung zu erkennen, dass die Flamme von jemandem getragen wurde. An einem Seitenweg bog das Feuer ab und kam auf den Hügel zu, nach und nach wurde es immer kleiner, hörte auf zu leuchten und wurde zu einem festen Feuerpunkt.

Und nun sah man auch etwas von dem Menschen, der die Fackel trug. Es war Thomas vom Brückenhof. Er trug eine alte, pechverschmierte Radnabe, die auf einer Mistgabel über seinem Kopf brannte. Als er den Hügel hinaufkam, hießen ihn seine Kameraden willkommen.

»Hurra, was für ein Feuer!«, riefen sie.

Thomas warf Poul und Jørgine einen raschen Blick zu und lächelte angespannt. Er reckte sich und schob die brennende Radnabe in die Teertonne. An den Zinken der Mistgabel klebte noch das brennende Pech, er schlug sie ins Gras, bis das Feuer erlosch.

»Welch ein Feuer, welch ein schönes Feuer, welch ein herrliches Feuer!«, sangen die Burschen und wandten ihre Gesichter den Flammen zu, die ihre unbeschreibliche Freude beleuchteten. Und das Licht fiel unter den Kopftüchern der Mädchen auf manch fülligen Mund.

Nachdem Thomas gekommen war, änderte sich bei allen der Ton, niemand wollte jetzt noch kindisch erscheinen.

Thomas ging ohne Umschweife zu Jørgine und versicherte ihr seine Zuneigung, und er deutete auch das eine oder andere an, obwohl Poul direkt danebensaß. Jørgine lachte unsicher und wusste nicht, wie sie reagieren sollte.

»Willst du etwa diesen Schmalzburschen?«, fragte Thomas unter anderem und deutete mit einer höhnischen Kopfbewegung auf Poul. Poul erwiderte nichts, doch die anderen Burschen verstummten.

Nun war es tatsächlich so, dass Jørgine beide Freier ermutigt hatte – in ihrem Wankelmut hatte sie mal mit Thomas, dann wieder mit Poul geschäkert. Beide waren Söhne wohlhabender Bauern, in der letzten Zeit jedoch hatte sie ihre Gunst eher Poul geschenkt. Thomas spürte es. Jørgine hingegen tat so, als sei sie vollkommen ahnungslos. Poul starrte grübelnd vor sich hin.

Nachdem sie eine Minute geschwiegen hatten, brach Thomas in Gelächter aus und drehte sich um.

Die Reifen der Tonne zersprangen, die brennenden Dauben klafften auseinander und fielen nacheinander auf die Erde, bald würde das Feuer ausgebrannt sein. Auf dem Hügel wurde es allmählich dunkel, die Mädchen wollten nach Hause. In weiter Ferne erloschen am dunklen Horizont nach und nach auch die Feuer der übrigen Dörfer, sie flackerten noch einmal auf und fielen zusammen wie Augen, die vom Wachen todmüde sind.

Die jungen Leute brachen auf. Dunkelheit legte sich um den einsamen Hügel, nur ein paar qualmende Reste knisterten noch am Boden vor sich hin. Nachdem alle gegangen waren, streckte sich der Igel mit kurzen, vorsichtigen Stößen und ließ die kleine blanke Schnauze und die schwarzen Perlenaugen sehen. Dann trottete er hastig ins Gras.

Auf dem Heimweg war Jørgine nicht allein. Poul ging dicht neben ihr. Ein Stück dahinter folgten Thomas und einige andere, wie immer prahlte Thomas lauthals in seiner wegwerfenden, verächtlichen Art. Seine Kälte steckte die anderen an, die es nun ebenfalls auf einen Streit ankommen lassen wollten.

»Zum Teufel, du solltest nicht zulassen, dass er sie behält«, sagte Jesper freundschaftlich zu Thomas.

»Das werd ich auch nicht«, erwiderte Thomas. Kurz darauf beschleunigte er seine Schritte und drängte sich zwischen Poul und Jørgine.

»Jetzt begleite ich dich!«, erklärte er unbeherrscht. »Der Fettsack soll auf sich selbst aufpassen.« Er griff nach Jørgines Arm.

Aber sie wurde wütend und spuckte verächtlich aus.

»Kannst du dich nicht beherrschen!«, rief sie gereizt.

»Ich weiß genau, was du vorhast«, sagte Poul in diesem Moment mit leiser Stimme.

»Ja, ich habe vor, dir eine Abreibung zu verpassen, du Schweinebacke!«, brüllte Thomas.

Bei diesen Worten stob die Schar auseinander. Es wurde versucht zu vermitteln und zu beschwichtigen. Doch Poul war jetzt auch aufgebracht, er sah sich nach Zustimmung und Unterstützung um.

»Lass es doch«, sagte jemand und fasste Poul an den Oberarm und ans Handgelenk, »lass gut sein!«

»Er soll nicht …«, entgegnete Poul trotzig und riss sich los.

»Ich bin bereit!«, schrie Thomas. Er stand mit gespreizten Beinen da.

Sie waren an einer Böschung stehen geblieben. Der Tag graute, und in diesem diffusen Licht sahen die Burschen fahl und bösartig aus. Auf einem nahe gelegenen Hof krähte der Hahn. Und in der Senke lagen vom Tau versilberte Wiesen.

Jørgine stand ein wenig abseits, sie senkte plötzlich ganz still ihren Kopf – wie ein herabsinkendes Zugsignal – und weinte.

»Geh nach Hause, kleine Jørgine!«, sagte Jesper tröstend und drehte sie in die Richtung ihres Hofes. »Geh nur, das hier ist es nicht wert, dass du bleibst.«

Jørgine ging, ohne sich ein einziges Mal umzudrehen.

Sobald sie außer Sichtweite war, trat Thomas vor, hielt Poul die Faust unter die Nase und beleidigte ihn. Poul antwortete nicht, sondern sah sich moralisch entrüstet nach Verbündeten um.

»Dich mach ich platt wie 'ne Kröte!«, rief Thomas, drängte noch dichter an Poul heran und stellte sich vor ihm auf die Zehenspitzen. Poul wich ihm aus, er bekam einen starren Gesichtsausdruck.

»Das kannst du dir doch nicht bieten lassen!«, provozierte ihn Jesper. Doch Poul konnte sich noch nicht entschließen. Thomas ging lange um ihn herum, bedrohte und verhöhnte ihn.

Erst als Thomas als Ausdruck seiner totalen Verachtung Poul mit der Hand durchs Gesicht wischte und ihn mit einem üblen Spitznamen bedachte, entschied sich Poul.

»Ich habe keine Angst vor dir!«, sagte er gereizt.

»Na, dann los!«, kommandierte Jesper und trat zurück, wobei er die anderen mit ausgebreiteten Armen zurückdrängte.

Nach alter Gewohnheit fingen Thomas und Poul mit Armgriffen an. Sie packten einander an den Oberarmen und versuchten, den anderen umzuwerfen und zu Boden zu zwingen. Bei ihren Anstrengungen kam es allerdings nicht zu heftigen Bewegungen, sie rührten sich kaum von der Stelle, und doch stand ihnen sofort der Schweiß auf der Stirn.

Beide waren bis zum Äußersten angespannt, stellten sich breitbeinig auf und drückten die Rücken durch, die Hosenbeine rutschten ihnen über die Knöchel.

Poul war jedoch der Unterlegene, mit einem Mal verlor er den Halt, seine Beine flogen durch die Luft, und Thomas warf ihn krachend zu Boden.

Unter normalen Umständen wäre der Kampf nun zu Ende gewesen. Poul hatte verloren. Aber Thomas ließ ihn nicht los, er hielt ihn fest und keuchte triumphierend: »Hoh, Hoh-h!!«

Eigentlich war Poul bereit, seine Niederlage einzugestehen, doch nun wurde er wütend und schlug mit den Fäusten auf Thomas ein. So begann die zweite Runde, die oft genug blutig endet.

Alles spielte sich schweigend ab. Jesper stand vor Spannung wie auf glühenden Kohlen.

Nun bezog Poul sämtliche Prügel. Thomas schlug ihm die Knöchel an die Schläfe, Poul war beinahe bewusstlos, und als er sich zusammenkrümmte, verabreichte ihm Thomas eine Tracht Prügel nach allen Regeln der Kunst.

Als Poul keinen nennenswerten Widerstand leistete und sich schließlich überhaupt nicht mehr wehrte, tat er Thomas beinahe leid, und er ließ von ihm ab. Das nutzte Poul, um Thomas ein paar üble Tritte an den Kopf zu versetzen. Als Thomas' Edelmut so schändlich belohnt wurde, geriet er erneut in Wut – es galt, eine neue Kränkung zu rächen. Schließlich lag Poul wie ein nasser Sack auf dem Boden, so verprügelt, dass er sich nicht mehr rühren konnte.

Thomas saß rittlings auf ihm und bearbeitete ihn mit seinen Fäusten. Poul sah mit geschwollenen Augen zu ihm auf.

»Schlag du nur!«, stieß er gequält aus und streckte beide Arme auf dem Boden aus. »Los, schlag mich doch gleich tot, wcnn du schon cinmal dabci bist.«

Und Thomas schlug ihm die Faust ins Gesicht.

Endlich griffen die Zuschauer ein.

»Hör auf!«, forderte Jesper ihn auf, »lass ihn liegen, Thomas, es lohnt nicht mehr …«

Thomas erhob sich nur unwillig, gern hätte er es fortgesetzt.

Es war ein klarer Tag, die Sonne war über den Wiesen aufgegangen. Ein paar Burschen brachten Poul nach

Hause, nachdem er einigermaßen zu sich gekommen war, allein konnte er sich nicht auf den Beinen halten.

Jesper begleitete Thomas nach Hause, der wie ein Löwe stolzierte und den Bauch vorschob. Sie sollten ihm nur nicht zu nahe kommen, diese Bürschchen!, drohte er. Jetzt, als sie allein waren, schämte sich Jesper fast wegen der großspurigen Prahlerei seines Freundes.

Überall wurde über die Rauferei geredet, und Poul hatte auch noch den Spott zu ertragen, den er wegen der Tracht Prügel erntete. Thomas war schon ein wüster Kerl.

Und doch bekam Poul am Ende Jørgine. Sie wollte ihn. Nach der Prügelei empfand sie nur noch Verachtung für Thomas und ertrug ihn nicht mehr.

Poul und Jørgine heirateten. Da auf den Höfen ihrer Eltern keiner der beiden der Erstgeborene war, übernahmen sie einen Aussiedlerhof am Fluss, der dem Brückenhof direkt gegenüberlag. Sie hatten sich verschuldet, aber sie waren jung und wollten die Schulden abarbeiten.

Poul und Jørgine waren glücklich miteinander und bekamen jedes Jahr ein Kind. Die Zeit verging.

Es gab keinerlei Kontakt zwischen den beiden Nachbarhöfen, im Sommer brachte jeder auf seiner Seite des Flusses das Heu ein, sie schauten nicht einmal zum anderen hinüber. Selbst das Gesinde vertrug sich nicht.

Thomas vom Brückenhof begann, mit Pferden zu handeln, und wurde ein mürrischer, wortkarger Mensch, den niemand mochte. Als ihm der Brückenhof zufiel, heiratete er.

Acht Jahre vergingen, ohne dass die beiden Männer sich seit jener Johannisnacht ein einziges Mal zu Gesicht bekommen hätten.

Dann tauchte Thomas vom Brückenhof an einem späten Nachmittag bei Poul auf. Er stürmte in die Stube, es wimmelte von kleinen Kindern in allen Größen. Jørgine saß an der Wiege des Jüngsten, und als sie Thomas sah, sank sie auf ihrem Stuhl zusammen und starrte ihn ängstlich an.

Thomas blickte erst sie, dann die Schar der Kleinen an und fragte kurz angebunden nach dem Mann.

Poul kam herein und warf Thomas überrascht einen hasserfüllten Blick zu.

Und als der Brückenhofbauer fünf Minuten später die Stube verließ, waren Poul und Jørgine gänzlich verstummt, sie sahen sich an und ließen niedergeschlagen die Köpfe hängen. Thomas hatte die Tilgung ihrer Schulden verlangt – die Schuldscheine waren in seinem Besitz, er hatte sie gekauft.

Die Angelegenheit erregte Aufsehen in der Gegend, Thomas geriet in den Ruf, boshaft zu sein, doch er war unerbittlich, und Poul musste einen Teil seines Landes verkaufen, um sich zu retten.

Von diesem Jahr an ging es bergab mit Poul, er konnte die Raten nicht mehr aufbringen, und Thomas vom Brückenhof ließ ihm keine Ruhe. Als Poul nach Auswegen suchte, um seine Hauptschuld zu zahlen, hatte er nicht nur einen Teil seines Landes verkaufen, sondern auch einen weiteren Kredit aufnehmen müssen. Thomas versuchte nun, sich auch dieser Schuldscheine zu bemächtigen, doch der Besitzer wollte sie nicht verkaufen. Tja, also strengte Thomas gegen seinen Nachbarn einen Prozess um die Fischrechte im Fluss an. Nach zwei Jahren hatte Poul den Prozess zwar gewonnen, aber da hatte er bereits das Wiesenstück verkaufen müssen, um das es in dem Streit ging. Der Käufer übertrug es sofort an Thomas.

Und damit nicht genug. Thomas verklagte Poul wegen einer Flurgrenze. Auch diesen Prozess gewann Poul, doch er verließ das Gericht als armer Mann.

Poul war zu dieser Zeit bereits ein kranker Mann, in seinem Wesen lag diese blasse Sanftmut, die über Bitterkeit und Halsstarrigkeit hinwegtäuscht. Wenn ihn bisweilen jemand bedauerte, kam es vor, dass er anfing zu weinen, um hinterher zu schimpfen. Erneut stand er mit Thomas vom Brückenhof vor Gericht, diesmal wegen »unerlaubten Weidens auf fremdem Grund und Boden«.

Die Sache war zweifelhaft und zog sich bereits ein Jahr hin. Den ganzen Sommer über war Poul sehr nervös. Das Urteil wurde für den Herbst erwartet, und Poul wusste, dass er seinen Hof verlassen musste, sollte es negativ für ihn ausfallen.

Es war das Jahr der großen Dürre, von der die Leute bis heute reden.

Seit dem Frühjahr war kein Regen gefallen, abgesehen von ein paar Gewitterschauern, die aber lediglich auf die staubige Oberfläche platschten und die Erde gleichsam pockennarbig zurückließen.

Lange warteten die Bauern ebenso geduldig wie das Getreide. Es wuchs sogar, nur fand dieses Wachstum gewissermaßen heimlich statt. Die Aussichten blieben schlecht. Im Laufe des Sommers sprach man leise davon, was *überhaupt* noch zu retten wäre; das hieß, man rechnete mit ganz erheblichen Verlusten. Doch es kam kein Regen.

Auf den Äckern stand das kranke Korn, der Hafer hatte die Länge eines Fingers, der Roggen war weiß wie gebleichtes Haar und hatte zur Hälfte taube Ähren. Auf den kargen Feldern am Fjord wuchs so gut wie nichts.

Lange, lange glaubte man, dass ein Regenschauer die

Ernte noch retten könne, doch die Zuversicht schwand zusehends – ebenso wie die Halme auf dem Feld.

An dem Tag, als der Regen kam – es war in der zweiten Julihälfte –, hatte die Sonne wie an jedem Tag zuvor vom frühen Morgen an unbarmherzig auf die Erde gebrannt. Alle waren bedrückt. Aus Sorge versammelten sich die Menschen, sie schlossen sich zusammen. Vor dem Haus des Amtmannes stand eine Gruppe und diskutierte die Aussichten, sie sprachen gedämpft, als wäre jemand gestorben; mit ratlosem Gesichtsausdruck standen sie dicht beieinander und erschienen in ihrer Furcht und ihrem Leid noch gramgebeugter als sonst. Einmal mehr ließen sie ihre Augen über den Himmel schweifen, es gab jedoch keine einzige Wolke.

In jedem Haus hing das Fieber der Hoffnungslosigkeit unter der Decke, hinter den Fensterscheiben erschienen sorgenvolle Gesichter und blickten in den Himmel. Was sollte nur werden! Der Anblick konnte einen Menschen verzweifeln lassen. Die Felder boten ein einziges Bild des Jammers und der Demütigung.

Um die Mittagszeit kühlte die Luft jedoch ab, schwere Wolken zogen eilig von Westen her auf und flogen wie finstere Riesen mit ausgestreckten Armen heran. Man wollte es nicht glauben, doch als es anfing zu regnen, konnte sich niemand einer Gemütsbewegung erwehren. Ja, es fing an, in Strömen zu gießen. Zunächst schien noch die Sonne, und der Regen fiel von hoch oben in langen glitzernden, hellgoldenen Fäden herab. Funken und Blitze spritzten vom Korn auf, und über der Straße hing ein feiner Nebel aus Wasserstaub. Es regnete bei Sonnenschein, jeder Topfen glitzerte im Licht.

Ebenso freuten sich auch alle Menschen. Besonnene

Männer stürmten aus den Türen und brüllten Hurra – sie liefen zum Nachbarn, um es ihm mitzuteilen! Auf halbem Weg trafen sie sich und blieben im Sturzregen stehen. Die Kinder, die die Stille der Alten deprimiert hatte, gerieten außer Rand und Band. Alles konnte sich noch zum Guten wenden. Die Männer gaben einander die Hand, einige wandten sich ab, um zu weinen oder Gott zu danken. Sie hätten sich nicht verstecken müssen, alle waren stillschweigend übereingekommen, dass sie sich einen Gefühlsausbruch erlauben durften, der später vergessen würde.

Poul Sørensen war auf seinem Feld, als es zu regnen begann. Er freute sich über die Maßen, denn sein Korn hätte sich kaum länger halten können. Solange die Sonne schien, hatte er noch Zweifel, als die Wolkendecke sich dann aber schloss und ein kräftiger, fruchtbarer Dauerregen niederging, gab er sich seiner Freude hin. Langsam ging er im Regen nach Hause, hob den Kopf und ließ das kühle Wasser über sein Gesicht laufen, bis er nichts mehr sehen konnte. Er streckte die Hände aus und ließ den Regen darauf plätschern. Mit wahrer Lust ließ er sich bis auf die Haut durchnässen.

Pouls Feld grenzte an die Äcker von Thomas vom Brückenhof, und als Poul nach Hause ging, begegnete er seinem alten Feind. Thomas schritt sein Haferfeld ab, auf dem die Halme sich bogen, die Feuchtigkeit aufsogen und beinahe auf der Stelle grün wurden. Als Poul ihn sah, freute er sich von ganzem Herzen, er hatte wieder Vertrauen gefasst und meinte, alles würde sich zum Besten wenden. Doch als Poul sich dem Brückenhofbauer näherte, wusste er nicht, was er eigentlich von ihm wollte, vielleicht war es lediglich das Bedürfnis, einem Menschen zu begegnen und mit ihm die Hoffnung zu teilen. Poul blieb stehen und blickte Thomas mit leuchtenden Augen und einem Ausdruck verlegener Freude an.

Thomas wandte Poul den Kopf zu und ging im gleichen Tempo weiter.

»Du Mistkerl!«, knurrte er leise und mit schneidender Bosheit. Die Zähne wurden gebleckt, der Blick war hasserfüllt. Dann ging er weiter.

Erst jetzt begriff Poul, dass er sich mit Thomas hatte versöhnen wollen; ihn packte ein rasender Zorn, der ihn innerlich zittern ließ. Eine Weile blieb er im Regen stehen und sah Thomas' breitem Rücken nach, der sich langsam entfernte, dann ging er nach Hause. Oben auf dem Hügel brach er in Tränen aus und wankte zusammengekrümmt weiter.

Im Herbst fiel das Urteil in der Schadenersatzklage. Poul unterlag und musste den Hof verlassen. Niemand konnte ihm helfen, er gab alles verloren.

Damit die Familie nicht der Gemeinde zur Last fiel, sorgten die Dorfbewohner dafür, dass Poul eine Wohnstatt mit ein wenig Land bekam. Es war nicht viel, und Poul musste zusätzliche Arbeiten annehmen. Doch der Kummer hatte ihn gebrochen, er lag die meiste Zeit im Bett.

Die ältesten Kinder waren bereits in Diensten, doch zu Hause gab es noch immer fünf Münder zu stopfen, und Jørgine war bereits wieder in anderen Umständen. Es kam vor, dass sie, Hans Nielsens Tochter, mit einem Eimer losgehen und die Bauersfrauen um Milch bitten musste.

Anfangs hielt sie sich vom Brückenhof fern. Als sie jedoch nirgendwo sonst noch etwas bekam, ging sie einmal auch zum Brückenhof. Von da an ging sie, wenn sie in Verlegenheit war, häufiger dorthin, denn sie wusste, dass Thomas ihr nichts abschlagen würde. Zu den Beschimpfungen und Ermahnungen, die sie bei diesen Gelegenheiten ertragen musste, schwieg sie.

Eines Tages, als Fremde in der Stube waren, steckte Thomas ihr Geld zu, und Jørgine nahm es dankbar an. Thomas hatte es ihr aber nur in dem Glauben angeboten, dass sie es ablehnen würde, und als er sich nun von seinem Geld trennen musste, warf er ihr mit rüden Ausdrücken ihre Fruchtbarkeit vor. Wenn man schon so bettelarm sei, solle man sich doch wenigsten beherrschen können. »Obwohl«, wandte er sich an seine Gäste, »arme Leute haben vermutlich kein anderes Vergnügen.«

Es stand ausgesprochen schlecht um Pouls Familie, und schließlich mussten sie doch die Gemeinde um Hilfe bitten. Thomas hatte sie indes nicht vergessen, und als Poul starb, hielt er sich an dessen Kinder. Er beschuldigte einen der Söhne des Diebstahls und redete schlecht über die anderen. Allerdings erreichte er damit nicht viel, denn er selbst war bei den Leuten verhasst. Thomas lebte mit den meisten in Unfrieden und führte mit mehr als nur einem Mann Prozesse. Er scheute sich nicht, geradewegs auf einen Hof zu gehen und den Bauer mit Schimpfworten zu überziehen. Er sagte jedermann üble Beleidigungen direkt ins Gesicht. Und seiner Frau und seinen Kindern erging es nicht besser.

Inzwischen handelte Thomas mit Vieh, er hatte es zu großem Wohlstand gebracht und betrog die Leute, wann immer es möglich war. Es fiel ihm nicht schwer, einen Häusler zu überreden, ihm eine Kuh abzukaufen, bei der sich dann fatale Krankheiten zeigten, und man wusste, dass er seinen Vater ums Altenteil betrogen hatte und dieser dann bei seinem Schwiegersohn Zuflucht suchen musste, um zu sterben.

Allerdings nahm es auch mit Thomas vom Brückenhof ein seltsames Ende, zumindest konnten die Leute über ihn lachen.

Thomas hustete seit einiger Zeit, und als der Winter vorbei war, sah er recht kläglich aus. Seine Frau lag ihm so lange in den Ohren, bis er zum Arzt ging.

»Ja, ihr Bauern!«, sagte Doktor Eriksen, nachdem er Thomas untersucht hatte. »Ihr lebt so lange unter euren Kühen, bis jeder zweite die Tuberkel hat. Ihre Lungen sind voll davon. Sie können nach Hause gehen und sich auf den Tod vorbereiten!«

Thomas kommentierte es nicht weiter, er ging nach Hause und nahm seine Medikamente. Lange sprach er kein Wort. Der Husten wurde jedoch schlimmer, und der ehemals kräftige Mann sah bereits ziemlich ausgemergelt aus. Er ging noch einmal zum Arzt und ließ sich gründlich untersuchen.

»Wie lange hab ich noch?«, fragte er hinterher barsch und sah dem Arzt ins Gesicht.

»Sie können noch ein Jahr leben, und wenn Sie vernünftig sind, vielleicht sogar zwei.«

»Tja, was heißt schon vernünftig?«, erwiderte Thomas und lachte höhnisch.

»Sie müssen ein ruhiges Leben führen – und sich vor allem vor Erkältungen schützen …«

»Na, dann ist es auch egal«, erklärte Thomas und griff zu seiner Mütze. Wie eine Gewitterwolke kam er nach Hause. Bis dahin hatte er immer ein solides Leben geführt, doch einen Tag nach dem Arztbesuch fuhr er ins Wirtshaus – er hatte bereits Schmerzen beim Gehen – und kam sturzbetrunken heim. Das eingefallene Gesicht war leichenblass, als man ihn ins Haus trug. Und doch hatten die Leute so großen Respekt vor ihm, dass sie ihn mit der größten Achtung behandelten, obwohl er bewusstlos war.

Von nun an lebte Thomas vom Brückenhof in Saus und Braus, er soff und trieb sich ständig herum. Er fraß und prasste hemmungslos. Ein paar andere Händler standen ihm bei dieser Lebensweise zur Seite, sie veranstalteten kostspielige Orgien, bei denen Wein getrunken wurde und ellenlange Lendenbraten verspeist wurden.

Thomas veränderte sich, seine Rücksichtslosigkeit bekam einen Hauch von Humor, er sang und knallte die Karten auf den Tisch.

»Es heißt, mit mir ist's bald vorbei, aber ich werd euch zeigen, dass ich leben kann. Noch mal Trumpf! Ich fress meinen eigenen Leichenschmaus, versteht ihr. Kreuzkönig, was setzt ihr dagegen?! So geht das nicht! Kreuzdame, stecht sie!«

Die anderen Kerle lachten sich halb tot. Bis zum helllichten Tag aßen und tranken sie wie die Zyklopen, und Thomas – er war vollkommen außer sich – bezahlte.

Und nachdem er ein Jahr gezecht hatte, lebte er noch immer; er war aufgedunsen und hatte rote Flecken im Gesicht, aber er war wieder bei Kräften.

»Lassen Sie sich ansehen«, sagte Doktor Eriksen verwundert. »Wie ist das nur möglich, Sie leben ja, als wären Sie nicht bei Verstand.« Und der Doktor untersuchte ihn.

Wie sich herausstellte, war Thomas vom Brückenhof gesund wie ein Ochse, er hatte sich tatsächlich vollkommen erholt.

»Sie sind ein radikaler Mann«, erklärte Doktor Eriksen. »Aber nun werde ich Ihnen etwas sagen, Thomas vom Brückenhof. Sie haben eine Kur gemacht, die ebenso schlimm ist wie eine Seuche – und innerhalb eines Jahres werden Sie am Delirium tremens eingehen.«

Thomas lachte nur kurz auf und fuhr nach Hause, er war nicht so dumm, sich unter die Erde zu saufen. Und eine gewisse Zeit hielt er sich auch tatsächlich zurück, obwohl es ihm schwerfiel, mit dem Feiern aufzuhören.

Und doch endete es sonderbar, Thomas war schon zu weit gegangen. Es verging ein weiteres Jahr, in dem er ständig betrunken war.

Eines Tages kam er aus der Schlafkammer. Er trug Hemdsärmel, die Weste spannte über seinem dicken Wanst. Seinem Gesicht war anzusehen, dass er unschlüssig und erregt war – seine Augen hatten nicht den gewohnt harten Ausdruck.

»Mein Gott, Tammes!«, rief seine Frau und starrte ihn an.

Thomas sagte nichts, kurz darauf verschwand der ängstliche Ausdruck in seinem Gesicht, er trat in den Flur, griff nach einem Pferdegeschirr und schleuderte es hinaus aufs Pflaster.

»Anspannen!«, brüllte er grimmig dem Knecht zu.

Thomas fuhr ins Dorf und kam betrunken nach Hause.

Ein paar Tage danach veranstalteten Thomas und seine Saufkumpane erneut ein Gelage. Er trank verhalten, nur so viel, dass er einigermaßen beschwipst war. Auf dem Heimweg wurde er gänzlich nüchtern; mürrisch saß er auf dem Wagen und umklammerte die Zügel.

Und als er den Kopf hob, sah er in Volstrup – der Ort lag anderthalb Meilen entfernt – einen Mann, einen ungeheuer großen Mann, der sich bückte und anfing, die Landschaft wie einen Teppich aufzurollen. Er half mit den Füßen nach und rollte die Felder mit Häusern, Höfen und Bäumen zusammen. Hinter ihm blieb nur eine graue Fläche. Nachdem er ein bisschen aufgerollt hatte, ging er ein paar Meilen weiter und begann dort, das Land zusammenzurollen. Die Sonne schien ihm auf den Kopf mit den schwarzen, wolligen Haaren.

Thomas sah sich die Vorstellung eine Weile an, dann lächelte er ungläubig.

»Jetzt hör aber auf!«, sagte er leise und beinahe lachend. Und sofort war der Mann verschwunden.

Thomas blieb eine Weile still sitzen, dann leuchtete sein Gesicht auf, er verzog heftig den Mund und peitschte auf die Pferde ein.

Als er in scharfem Tempo nach Hause fuhr, war Thomas sehr nervös, seine groben Hände zitterten.

Als er den Hügel zum Brückenhof hinunterfuhr und ihm der kräftige Gegenwind ins Gesicht schlug, sah er plötzlich, wie etwas Dunkles, das aussah wie ein Schal, vor ihm auf der Straße aufflatterte und ihm entgegenkam.

Im nächsten Moment hatte es ihn erreicht und flog ihm direkt ins Gesicht; ein Schlag, als würde eine Stahlstange auf einen Stein geschlagen – so singend scharf, dass sein Kopf zerplatzte wie ein Ei …

Thomas vom Brückenhof fiel rücklings in den Wagen, die Pferde liefen allein auf den Hof. Sie wollten zum Wassertrog, und als der Knecht dazukam, sah er Thomas auf dem Boden des Wagens liegen.

Thomas vom Brückenhof lag im Delirium. Die Leute feixten und sagten, wer gehängt werden solle, werde nicht erschossen.

Doch Thomas kam noch einmal auf die Beine. Während dieses Anfalls mussten ihn sechs Männer festhalten, er war nicht so leicht zu überwältigen.

Nachdem er sich erholt hatte, war er eine Weile sehr still und umgänglich. Er zwang sich, das Trinken aufzugeben, er verlor den Appetit, und die Enthaltsamkeit ließ ihn schlapp werden. Eines Tages ertrug er es allerdings nicht länger, und von da an ging es rasend schnell bergab mit ihm. Er wütete genau wie ein tobender Ochse, der den Karren zertrampelt, geradewegs durch einen schindelgedeckten Torfschuppen bricht und schließlich verstümmelt in einem großen dichten Holunderbusch stecken bleibt, den man fällen muss, um an das Fleisch zu gelangen.

Thomas warf sehr viel Geld zum Fenster hinaus. Am letzten Tag, an dem er unterwegs war, brachte er zwölfhundert Kronen durch, es war schändlich. Er hatte in Salling einen Hengst verkauft und das Geld direkt erhalten. Auf der Rückreise wurde er auf der Fähre verrückt.

»Lasst mich rudern!«, verlangte er plötzlich, verdrehte die Augen und wankte über die Ruderbänke. Es war zehn Uhr vormittags.

»Nein«, entgegnete Laust, einer der Fährburschen, »das ist nicht gestattet.«

Thomas kletterte über die letzte Ruderbank und packte Laust an der Kehle. Laust saß unter den schweren Riemen und konnte nicht aufstehen, aber er ließ sich nach hinten fallen und konnte sich auf diese Weise befreien.

»Ruder du, Christen!«, rief er seinem vor ihm sitzenden Kameraden zu, dann sprang er über die Ruderbank und ging auf Thomas los. Thomas schlug ihn zu Boden, dass der Prahm ins Schwanken geriet, aber Laust war ebenfalls nicht leicht unterzukriegen, er schlug zurück, und sie verkeilten sich in einem heftigen Ringkampf.

Mit einem Griff an den Rücken zog Thomas Laust plötzlich seinen isländischen Pullover über den Kopf und wollte ihn über die Reling in den Fjord zerren. Doch nun ließ Christen die Ruder los und kam Laust zu Hilfe.

Die Fähre trieb ab, im Sund herrschte starke Strömung.

Die beiden stämmigen Fährknechte hatten einige Mühe mit Thomas, er brüllte und wehrte sich, sie kämpften eine halbe Stunde mit ihm und waren schweißgebadet.

Währenddessen trieb die Fähre am Fischerdorf vorbei, aus dem nun Hilfe kam. Vier Männer mussten Thomas wie ein Schwein festhalten; ihm stand Schaum vor dem Mund, und er keuchte schwer.

Und doch beruhigte er sich ein bisschen und ging ganz vernünftig an Land. Im Fährkrug verlangte er etwas zu trinken, und als man ihm nichts geben wollte, sprang er wutentbrannt auf, um weiteres Unheil anzurichten. Er hatte am Tischende gesessen, und als er aufsprang, stieß er so heftig gegen die Tischplatte, dass sie an die gegenüberliegende Wand flog. Dabei erhielt Thomas jedoch einen so kräftigen Stoß in den Unterleib, dass er ohnmächtig wurde.

Um Gottes willen! Man rieb ihm die Schläfen mit Essig ein, und er kam wieder zu sich. Doch kaum konnte Thomas aufrecht sitzen, schlug er auch schon wieder um sich; noch bevor sie ihn festhalten konnten, tobte er wie ein Berserker und zertrümmerte die Gaststube. Er schlug alles kurz und klein. Nicht ein einziger Einrichtungsgegenstand blieb heil. Ein Mann, der gerade mit Schweinen am Fährkrug vorbeifuhr, erzählte später, er habe gesehen, wie die große Standuhr aus dem Fenster flog; das sei in der Tat ein unvergesslicher Anblick gewesen. Es war zwei Uhr nachmittags, als man Thomas endlich unter Lebensgefahr überwältigt hatte. Diesmal wurde er gefesselt nach Hause gefahren.

Als man ihn hereintrug, hob Thomas seine zusammengebundenen Füße und trat auf den Türrahmen ein, dass der Kalk nur so staubte.

Er tobte bis zum Abend, dann verfiel er in einen Dämmerschlaf, der einige Tage andauerte und ihm die letzte Lebenskraft nahm. Und doch war er glücklich, bevor er starb. Er war gewissermaßen nicht mehr er selbst, er redete im Wahn und erkannte niemanden mehr, aber er war glücklich. Er riss Seiten aus dem Gesangbuch, das man ihm gegeben hatte, und knallte sie auf die Bettdecke, weil er meinte, es wären Karten. Er gewann sämtliche Spiele und lachte aus vollem Hals; er zog sich den Bettdeckenzipfel mit der Quaste durch die Hand, setzte ihn wie eine Flasche an den Mund und sagte: »Skål, Herrgottchen, skål.« Und während die Frauen aus Sorge um seine Seele am Bett ohnmächtig zusammensanken, schwitzte er und lachte wie bei einem feuchtfröhlichen Saufgelage. Ihm ging es so gut, dass man beinahe glauben mochte, er würde sich noch einmal erholen; doch mitten in der Freude wurde er müde und legte sich hin, um ein wenig auszuruhen – und war beinahe schlagartig tot.

Nun liegt er begraben auf dem einsamen Friedhof von Graabølle, wo die Grabhügel sich kaum voneinander unterscheiden.

EIN BEWOHNER DER ERDE

Der westliche Teil des Himmerlands besteht aus kargem, sandigem Boden, der sich kaum zu bestellen lohnt. Doch auf diesem armseligen Stück Land wohnen auch Menschen, und dazu gehört schon etwas. Die Bewohner des Westlandes sind nicht einmal ganz arme Leute; sie müssen haushalten, und daher haben es einige von ihnen zu einem gewissen Wohlstand gebracht.

Vom Fjord her zieht sich eine breite Anhöhe mit vielen Hünengräbern einige Meilen ins Land hinein. Es sieht aus, als hätte ein Riese diese Anhöhe verschuldet, als aus einem Loch seiner Tüte Sand rieselte, den er vom Fjord mitgenommen hatte. Hin und wieder wird er nachdenklich stehen geblieben sein, und dann lief so viel Sand aus der Tüte, dass sich eine zusätzliche Erhebung bildete. Es gibt in der Gegend eine Sage über solch einen Riesen. Eine andere alte Sage will wissen, dass auf dem Feld bei Strandholm zwei Stiere aneinandergerieten, die so viel Sand aufwirbelten, dass der Wind sich kurzerhand des Sands bemächtigte und die Anhöhe ins Land blies. Das klingt durchaus vernünftig; es steht jedenfalls außer Zweifel, dass sich die Anhöhe durch Sandverwehungen gebildet hat.

Allerdings wurde dadurch auch gute Erde überdeckt. Und es gibt Menschen, die das nicht vergessen können; sie wissen, dass unter der mageren, sandigen Erde, die sie bestellen, Mutterboden liegt. Sobald man acht bis zehn Ellen tief gräbt, zum Beispiel um einen Brunnen zu graben, stößt man auf die schwarze Ackerkrume. Es ist nicht gerade das Allerbeste, sozusagen auf doppeltem Boden zu leben – in dem Bewusstsein, dass die Verhältnisse durchaus besser sein *könnten*, die Möglichkeiten jedoch unter den eigenen Füßen begraben liegen.

Diese Erde, in der nichts anderes gedeihen will, begnügt sich mit Heidekraut. Der größte Teil des Westlandes besteht aus Heide.

Und hier, mitten in der Heide von Linderup, wohnte Vogn, Heide-Vogn, wie er genannt wurde.

Ursprünglich hatte er weiter nördlich gelebt, bei Bjørnsholm. Mit ungefähr tausend Kronen, die er in seiner Jugend als Knecht verdient hatte, war er in die Gegend gekommen. Für dieses Geld hatte Vogn ein großes Stück Heide gekauft, ein nacktes und so gut wie wertloses Terrain.

Nach einigen Jahren fragten ihn die Leute, warum er das getan hätte, denn Vogn hatte seine Heide mit nicht einem einzigen Spatenstich bestellt. Ja, Vogn wollte Land besitzen. Denn wo sollte er sonst sein Geld verwahren? In der Sparkasse, meinten die Leute. Die könnte pleitegehen. Dann in der Landmandsbank (dem angesehensten Ort, den man kannte). Dort könnte ein Brand ausbrechen. Im Übrigen hatte Vogn selbst auch eine Reihe von Theorien zu dieser Frage, wenn er jedoch anfing, sie auszubreiten, waren die Leute nicht in der Lage, ihm zu folgen. Im Wesentlichen lief es wohl darauf hinaus, dass Land das Einzige war, was man besitzen konnte.

Mitten auf dem Heidestück hatte Vogn sein Haus. Es war nicht leicht zu erkennen. Es konnte ja auch niemand ahnen, dass ein paar Stangen im Heidekraut irgendetwas zu bedeuten hatten. Aber hier wohnte Vogn, er hatte sich eine Höhle direkt in die Erde gegraben. Darüber hatte er ein paar Latten gelegt und mit Heidekraut abgedeckt. Die eigentliche Höhle war mit Moos und Heu ausgelegt.

Die beiden Stangen, die über der Höhle standen, dienten Vogn als Speisekammer; an einer Schnur, die zwischen ihnen gespannt war, trocknete er seine Nahrung. Stets baumelten dort Frösche, Eidechsen und andere Kriechtiere im Wind. Vogn aß sie, sowie sie ihm zum Verzehr geeignet erschienen. Und er bat um alles, was seine Nachbarn hatten verfaulen und verderben lassen. Erfuhr Vogn, dass man ein verendetes Stück Vieh vergraben hatte, durfte er es wieder ausgraben. Auf Pferdeköpfe, die bereits ein paar Tage in der Erde gelegen hatten, war er besonders erpicht, sie waren sein Leibgericht.

»Wie kannst du so etwas essen?«, wollte der Kaufmann wissen, als Vogn eines Tages in der Stadt war. »Frösche und Kröten und anderes Getier, das ist doch voller Gift – pfui Teufel!«

»Hast du es jemals probiert?«, erkundigte sich Vogn.

Nein, und dazu würde der Kaufmann sich auch nicht überwinden.

»Tja, wie kannst du dann so etwas behaupten – du redest doch nur«, erklärte Vogn mit der ihm eigenen, unverfrorenen Schroffheit. Der Kaufmann wurde unsicher, und Vogn sprach auf ihn ein und brachte ihn vollkommen durcheinander. Alle wussten, dass Vogn ungewöhnlich gut mit seinem Mundwerk umgehen konnte. Deshalb wurden mit ihm auch keine Späße getrieben, wie es sonst bei Sonderlingen üblich war. Man hatte einen gewissen Respekt vor Vogn, der mit seinem Wissen jeden in die Enge treiben konnte – sogar den lieben Gott. Den Katechismus konnte er von vorn bis hinten auswendig, er brauchte nur Luft zu holen, wo andere die Seite umblättern mussten. Außerdem kannte Vogn sich in Geografie aus, zumindest was den alten Ingerslev betraf. Lesen konnte Vogn, Schreiben hatte er hingegen nicht gelernt.

In den verbreiteten Anekdoten über Vogn heißt es, er sei ein Philosoph der bitteren Art gewesen, die man als Kyniker bezeichnet; Hunde, die treu an überkommenen und vergessenen Lebensregeln hängen. Tatsächlich war er parteiisch und mürrisch wie alle richtigen Hunde. Vogn hatte an allem etwas auszusetzen. Insbesondere aber war er dem weiblichen Geschlecht gegenüber streng, das seiner Ansicht nach aus eitler Schwäche bestand, gegen die er mit großer Ernsthaftigkeit vorging. Vogn war ein Gegner der Familie und lehnte hartnäckig jedwede Lebensberechtigung ab. Wurde in der Gegend ein Kind geboren, protestierte Vogn, obwohl es doch zu spät war, und mit der Frau eines Häuslers, die immer wieder schwanger wurde, führte er einen jahrelangen Krieg. Jedes Mal, wenn sie ein Kind zur Welt brachte, war Vogn zur Stelle und wies sie donnernd zurecht.

»Ist es schon wieder passiert!«, schimpfte er mit grimmiger Verbissenheit. »Wird eure Kuh nicht auch bald kalben?«

Die Frau verteidigte sich mit allgemein menschlichen Entschuldigungen, und Vogn beschimpfte sie viele Jahre lang vergeblich.

Den Menschen war es peinlich, wenn sie Vogns Reden ausgesetzt waren. Stundenlang legte er ihnen irgendetwas dar, und wandte man etwas ein, zerpflückte Vogn den Einwand überlegen und trieb sein Opfer in die Hilflosigkeit, egal, ob er die Sinnlosigkeit nachwies, überhaupt Geld zu verwenden – verdrecktes Metall und Papier –, oder Gott für das vollständige Misslingen der Welt verantwortlich machte. Vogn bestritt nicht die vollkommene Allmacht Gottes, aber er warf ihm Unverstand vor und ging scharf ins Gericht mit ihm als einem Gott, der sich als kurzsichtig und unmündig erwiesen hatte. Und Vogns Ansicht nach sei es auch dadurch nicht besser geworden, dass Gott seinen Sohn zur Hilfe geholt und ihn ins Benehmen gesetzt hatte; das ganze Firmament hatte sich in den Jahren, die seit den Anfängen der Welt vergangen waren, Vogns Misstrauen verdient.

Er hatte eine sonderbare Stimme, leise und schnarrend, gleichsam moderig erklang sie aus einem kurzen, schmutzigen Bart, eintönig drohend und zergliedernd wie die Stimme eines Propheten. Zudem unterschied sich Vogns Sprache von der Sprache anderer Menschen, und das lag daran, dass er so viel allein war und eigene Worte erfand. Außerdem trugen seine Geografiekenntnisse ebenfalls zu seiner Sprache bei.

Es konnte ein halbes Jahr vergehen, ohne dass Vogn von irgendjemandem gesehen wurde.

Man erzählte sich, dass er aus einem Heim komme, in dem Armut und Hunger mit Ohnmacht und Not zusammengelebt hätten. Die Eltern hätten kaum sich selbst versorgen können, und doch hatten sie Kinder bekommen. Ein armes Wesen nach dem anderen war in die Not und das Elend hineingeboren worden. In diesem Rattennest war Vogn aufgewachsen, und der Hunger hatte ihn dieses hasserfüllte Nein und diesen verbissenen Zorn auf das Leben gelehrt, die ihn schließlich zum Einsiedler hatten werden lassen.

Bisweilen kam Vogn ins Dorf. Dann sah man ihn mit zwei armdicken Stangen dahinstapfen, wie sie auch an seinem Haus standen, wenn er daheim war. Sie dienten als Trockenständer, als Wanderstäbe und in gewisser Weise auch als Hausschlüssel. Vogn hielt in jeder Hand einen Stab, die beiden krummen und entrindeten Weidenzweige waren doppelt so hoch wie er selbst. An den oberen Enden waren sie mit Lappen umwickelt, was immer das bedeuten mochte. Vogn kam ins Dorf, um Brot zu holen. Das heißt, wenn es ein verkohltes oder auseinandergebrochenes Brot gab, das er nicht bezahlen musste.

Die Kinder des Dorfes wussten, dass sie neben Vogn herlaufen und ihn fragen durften, wie seine Stöcke hießen. Immer antwortete er bereitwillig, mit einem versteckten Lächeln auf dem Gesicht: *Das* ist mein Vater, und *das* ist meine Mutter.

Dann sangen die Kinder: »Vogn, wann wirst du heiraten, Vogn?«

Die Kinder wussten nicht, warum es lustig war, Vogn diese Frage zu stellen. Der Volkswitz hatte sich in jahrelanger Auswahl für diesen einen Nadelstich entschieden.

Vogn beantwortete diese Frage nie, er stakte einfach mit seinen furchtbaren Stöcken an jeder Seite weiter, als würde er den Weg in Klaftern abmessen. Hin und wieder blickte er mit seinen tief liegenden Augen, die einen fremden, wildschweinartigen Ausdruck hatten, zu Boden. Und während er wanderte, bewegte sich der borstige Bart um seinen Mund, Vogn kaute beim Gehen. Vogn kaute immer, wenn man ihn sah, und stets war sein Mund schmutzig und voller Schaum. Vielleicht hatte Vogn eine Wurzel gefunden oder einen Mistkäfer, der zum Verzehr einlud. Vielleicht erfreute er seinen Gaumen auch mit einer toten Feldmaus.

Vogn lebte dreißig, vierzig Jahre in seiner Höhle unter der Erdoberfläche, mitten in der ärmlichen, nutzlosen Heide. Wenn im Winter der Schnee dahinfegte, trafen die Flocken an den Höfen und Häusern auf Widerstand und lagerten sich an den Mauern oder hinter Gartenzäunen ab. Doch über Vogns Haus pfiff der Wind gerade hinweg, und nicht einmal der unberührte Schnee wusste etwas über Vogn zu sagen. War Vogn fort, dachte niemand an ihn. Wer denkt an den Maulwurf, wenn er in seinen Bau gekrochen ist! Niemand war jemals in Vogns Höhle gewesen und hatte sie von innen gesehen. Doch in all der Zeit, in der Vogn vergessen war, saß er unter der Erde. Einsam und so gut wie tot saß er dort und stemmte sich gegen alles, worüber alle einer Meinung waren, gegen jede Zufälligkeit, die zum Gesetz erhoben worden war, gegen jede Form, in die das Leben in seiner willigen Bereitschaft hineingeflossen und zu Stein erstarrt war. Vogn lebte sein Leben wie ein störrisches Kind, das sich weigert, grobes Brot zu essen, nachdem es einmal einen Weizenkuchen gerochen hat.

Einige Monate vor seinem Tod suchte Vogn eines Tages den Schullehrer auf und betrat die Stube mit allen Anzeichen, die auf große Dinge verweisen – es sah aus, als hätte er nach einer lebenslangen Prüfung eine schicksalsschwere Entscheidung getroffen.

Ob der Schullehrer ihm wohl Papier und Schreibzeug geben könne?

Ja, aber wozu denn?

Vogn wollte ein Buch schreiben, er wollte ernsthaft die Welt umdichten. Sie hatte es nötig, Text und Ton entsprachen sich nicht. Wohlstand und Armut waren ungleich verteilt; manche litten Böses im Überfluss, andere verkamen vor Fettsucht. Die ganze Welt war nur eine Abschrift ihres Inhalts, das eigentliche Buch aber war noch nicht geschrieben. Doch nun würde Vogn es übernehmen und sich der Erde erbarmen; es sollte ein Buch werden, wie man es noch nicht gesehen hatte.

Der Schullehrer erfüllte ihm den Wunsch und händigte ihm etwas Papier aus. Aber Vogn hob die Hände und schüttelte bedenklich den Kopf – zu wenig, viel zu wenig! Das Buch würde ungewöhnlich dick werden.

Also gab ihm der Lehrer so viel, bis er zufrieden war.

»Aber du kannst doch gar nicht schreiben, Vogn!«, fiel ihm dann ein.

Nein, das konnte Vogn nicht. Das war jedoch unwesentlich.

Als Vogn ging, hielt er den Stapel Papier mit beiden Händen vor der Brust. An diesem Tag kaute er nichts, wusste der Lehrer zu berichten.

Doch leider wurde das Buch nicht geschrieben, obwohl es durchaus hätte gut werden können.

Vogn starb an einem Sonntagvormittag im August. Nicht in seiner Höhle, sondern weit davon entfernt.

Ole und der Mann der Hebamme waren mit einigen Jungen am See von Kjeldby und flickten ein Netz, mit dem sie Hechte fischen wollten. Sie sahen Vogn mit seinen lächerlichen Stangen im Sonnenschein die Straße entlangstaken, waren aber zu beschäftigt, um sich mit ihm zu befassen.

»Jetzt ist er umgefallen!«, sagte Ole plötzlich und hob den Kopf.

Als sie zu ihm kamen, lag Vogn auf dem Rücken, das Atemholen fiel ihm schwer, und beim Ausatmen stand ihm jedes Mal Schaum vor dem Mund. Jørgen Nielsen und seine Frau waren ebenfalls dazugekommen. Sie schnüffelte an Vogn.

»Der ist besoffen! Riecht doch! Er dampft geradezu vor Schnaps.«

In diesem Moment sah der Sterbende Jørgen Nielsens Frau an und hielt ihren Blick fest.

»Nein«, widersprach er heiser und gleichsam wie aus einem tiefen Schlaf, »der war für Søren Poulsen, sie ging kaputt, als ich gefallen bin …«

Als sie ihn hochhoben, sahen sie, dass er auf den Scherben einer Flasche lag. Sie trugen ihn in Jørgen Nielsens Scheune und legten ihn auf einen Haufen Kartoffelkraut.

Unterdessen hatten sie erfahren, dass Vogn auf einem Hof im Dorf gewesen war, dort hatte die Bauersfrau ihn bewirtet und Fleisch gebraten. Aber als sie die Pökellake aus der Pfanne wegschütten wollte, hatte Vogn protestiert. Sie sei zu gut, um vergeudet zu werden, die Frau hatte ihm die Lake überlassen müssen. Und Vogn hatte sie bis zum letzten Tropfen getrunken, es hätte gereicht, um ein paar Schweine umzubringen. Die Frau hatte gedacht, Vogn würde die Lake vertragen, da er sie doch unbedingt haben wollte. Aber Vogn, der gekochte Speisen nicht gewohnt war, wusste nicht, was gut oder schlecht für ihn war. Er lief noch eine halbe Stunde mit diesem Salzfeuer in sich weiter, bis es sich durch ihn hindurchgebrannt hatte.

Und nun lag Vogn still auf dem Rücken, widerspenstige Kartoffelstängel rankten sich um seinen armen Kopf. Um ihn herum gab es nur dunkle Erdfarben, Vogn sollte nicht in einer weißen Umgebung sterben, wie es normalerweise üblich war. Die Augen blickten starr vor sich hin, ihr Ausdruck war leer. Die abstehenden Borsten um den Mund sahen bereits aus wie totes Haar, wie ein ausgequetschter Pinsel, den man zu allem Möglichen verwendet hatte.

Die Jungen standen um Vogn herum, sie rochen den säuerlichen, sonderbaren Atem der Kartoffelreste und sahen, wie der Mann immer tiefer in dieses unbequeme Lager sank, bis es aussah, als würde er sitzen. Der Mund schloss sich. Vogns erdschwarze Hände lagen halb geöffnet auf seiner Brust, die Innenseiten sahen aus, als wären sie verkohlt … als hätte Vogn nach der Erdachse gegriffen und sich die Handflächen verbrannt. Nun aber waren diese beiden vorderen Gliedmaßen ein Ausdruck endgültiger und unwiderruflicher Ohnmacht. Die Jungen blieben stehen, scheu und vorsichtig, bis sie spürten, dass Vogn nicht mehr lebte.

Dann riefen sie nach Jørgen Nielsens Frau. Sie kam hinzu, jammerte barmherzig und wischte die Hand an der Schürze ab. Mit zwei feierlich ausgestreckten Fingern schloss sie Vogns Augenlider über dem gebrochenen Blick.

MORTENS HEILIGABEND

Auf Ingvar Hansens Hof wurde es allmählich dunkel, obwohl es erst kurz nach vier Uhr sein konnte. Die Magd hatte sich ein wollenes Tuch um den Kopf geschlungen und trug Wasser ins Haus.

Morten kam vom Dreschboden, blieb an der Tür stehen und zupfte Spreu von seinen leinengewebten Armschützern, dann zog er den Mantel an und ging über den Hof zum Wohnhaus.

»Du könntest mir helfen, das Wasser hineinzutragen«, sagte die Magd und sah ihn unter ihrem großen Kopftuch an.

»Können könnt ich's schon«, antwortete Morten und lächelte über seinen Scherz, dann ging er in die Diele, klopfte die Holzschuhe ab und drückte die Klinke der Stubentür herunter.

Es war es heiß wie in einer Badestube, das Zimmer roch nach Wohlstand; in all den Jahren hatte man dort immer gut gegessen. Die Bäuerin stand am Tisch und rührte den Teig für die Æbleskiver.

»Es ist Morten«, rief sie in Richtung Schlafzimmertür. Ingvar Hansen kam in Hemdsärmeln und mit großen Binsenschuhen an den Füßen heraus.

»Willst du irgendetwas, Morten?«, fragte er und setzte sich gähnend ans Tischende. Tja, Morten war nun für heute fertig – soundso viele Garben. Und da hätte er sich eigentlich gedacht …

Ingvar Hansen zog an seiner Pfeife und wartete.

Morten wollte um den Lohn bitten, der ihm zustand.

»Normalerweise zählen wir doch die Wochentage zusammen und rechnen am Wochenende ab«, sagte Ingvar Hansen.

»Nun ja, das stimmt schon, das ist richtig. Nur …«

»Aber du kannst deinen Lohn für die vier Tage gern haben«, sagte Ingvar, »das ist vollkommen in Ordnung.« Er ging in die Schlafkammer und klapperte dort mit einem Schlüssel.

»Tja, weil ich doch in die Stadt wollte«, sagte Morten laut und erleichtert, »zur Apotheke.«

Ingvar kam zurück und zählte das Geld auf den Tisch.

»Bitte sehr«, sagte er. »Es fehlt eine Øre, aber ich habe nur ein Zweiørestück, kannst du wechseln?«

Morten konnte nicht wechseln, er schwieg, zählte das Geld und steckte es ein.

»Du kannst nicht wechseln? Dann hast du noch eine Øre gut.«

»Ach« – Morten lachte – »ist doch egal.«

»Ich werde dir doch keine Øre wegnehmen«, erwiderte Ingvar ein wenig schroff und schob ihm die Zweiøremünze zu. »Jetzt schuldest du mir eine.«

Morten war die Angelegenheit unangenehm, er schwieg und hielt seine Mütze in der Hand.

»Na ja, wenn du in die Stadt willst«, sagte Ingvar, »dann könntest du zu Kaufmann Møller gehen und etwas für mich abholen. Sie wissen Bescheid. Also, wenn du sowieso gehst.«

»Mach ich«, erwiderte Morten erleichtert, »mach ich bestimmt. Kaufmann Møller – gut.«

Eigentlich war es gar nicht Mortens Absicht gewesen,

an diesem Abend in die Stadt zu gehen, doch nun änderte er seinen Entschluss. Er blieb noch einen Moment stehen und ließ den Blick umherschweifen.

»Und dann wollt ich noch fröhliche Weihnachten wünschen!«

»Fröhliche Weihnachten, Morten«, erwiderte die Bäuerin.

Morten setzte die Mütze auf und ging.

Das Zweiørestück lag noch auf dem Tisch, Ingvar nahm es und legte es zurück in die Geldschatulle.

Morten musste erst noch nach Hause, um dort Bescheid zu geben. Es war fünf Uhr, als er in die zwei Meilen entfernte Stadt aufbrach. Wenn er sich beeilte, konnte er gegen zehn zurück sein.

Es war ziemlich dunkel, doch der Schnee leuchtete. Als Morten zur Landstraße kam, schritt er kräftig aus, er hatte den Wind im Rücken. Um sieben Uhr hatte er die Stadt erreicht; unterdessen hatte es angefangen, ein wenig zu schneien.

Morten erledigte seine kleinen Besorgungen, er ging in die Apotheke, und er kaufte ein Viertelpfund Kaffee, Zucker und andere Kleinigkeiten. Er ließ sich auch für zehn Øre Brustzucker geben, der sei für die Kleine, erklärte er. Dann holte er die Sachen für Ingvar Hansen ab. Kaufmann Møller wollte gerade schließen, als Morten kam.

Der Gehilfe stapelte die Waren auf den Tresen, es waren mehrere große Pakete, alles in allem gut zehn Pfund. Morten griff nach den Bindfäden und hob die Pakete an, es ging.

»Aber was sagen Sie dazu?«, fragte der Gehilfe und ließ eine große zusammengerollte Zinkplatte auf den Ladentisch fallen.

Morten schaute bestürzt auf die Rolle und hob sie an, sie wog ihre anderthalb Lispfund. Er sah sich um.

»Könnte ich wohl einen alten Strick bekommen?« Morten fing an, sich die Päckchen umzuhängen.

»Ja.« Der Gehilfe band einen dicken Strick um die Zinkrolle und half Morten, sie auf die Schultern zu legen. Er wollte ihn möglichst schnell loswerden, und als Morten aus der Tür trat, hielt er schon die Eisenstange bereit, um die Tür abzusperren, bevor noch weitere Kunden kamen.

Morten war schwer beladen, als er wieder auf der Straße stand. Doch erst als er bereits außerhalb des Städtchens auf der offenen Landstraße war, spürte er den rauen Nordwind, der ihm direkt entgegenblies. Außerdem schneite es. Es würde ein beschwerlicher Weg werden, zumal, wenn man so viel zu tragen hatte.

Morten schritt rasch aus, obwohl ihm ein beißend kalter Wind entgegenschlug, der ihm mit feinem Frostschnee um die Augen und Ohren pfiff. In beiden Enden der großen Zinkrolle heulte der Wind. Sie war so schwer, dass es ausgesprochen unangenehm war. Morten blieb stehen und legte sie auf die andere Schulter. Wieder schritt er kräftig aus, bis er spürte, dass ihm den Hinweg bereits in den Knochen steckte, ihm wurden die Beine schwer.

Unterdessen hörte es auf zu schneien, es wurde heller und klarer, aber der Wind wurde noch schärfer. Schneetreiben setzte ein, der frisch gefallene, feine Schnee stob die Straßengräben entlang und fegte über die kahle Landstraße. Auf den öden Brachfeldern spielten lange Schneefetzen mit dem Wind, leichte Schleier flogen davon, hinter jedem kleinen Erdklumpen suchte der Schnee Deckung.

Morten ging weiter, der Wind leistete heftigen Widerstand, er musste sich vorbeugen und ihm jeden Schritt abringen. Der Frost schnitt ihm ins Gesicht und biss vor allem in die Nase und die Ohren. Morten blieb stehen, legte seine Päckchen auf die Straße und rieb sich die Ohren, um den Schmerz zu lindern. Dann ging er weiter. Der Strick, mit dem er die Zinkrolle trug, schnitt in die Schulter; er hatte so oft gewechselt, dass er auf beiden Seiten große Schmerzen hatte.

Der Weg führte selten an einem Haus vorbei, meist zog sich die Straße einfach nur übers Land dahin, sauber gefegt vom Wind und hart wie ein Steinboden. Hier und da blieb der Schnee in langen Wehen der Windrichtung nach liegen. Außer dem feinen Zischeln des Schnees, der über die Felder fegte, war in der kalten Winternacht kein Laut zu vernehmen – ein Geräusch wie ein sinnloses Flüstern: die eintönige Weise des Schneegestöbers und die leise Berührung eines welken Halms, der widerspenstig aus dem Schnee ragte, durch den Wind. Im Norden war der Himmel hoch und hell, dort teilten sich die Wolken, es wurde sternenklar. Der Große Wagen stand wie eine Brosche aus sieben vibrierenden Sternen am Himmel, einige andere Sterne funkelten bläulich in der klaren Nacht. Mit dem unablässig heranjagenden Wind schien der Horizont immer niedriger zu werden, locker wogende Schneeschleier wehten heran und spielten entlang der Gräben. An den windgeschützten Stellen des Straßengrabens kam es zu Wirbeln, dort blieb der Schnee an den Übergängen liegen und häufte sich allmählich auf. Rasch vernebelte der Schnee Dämme und Zäune, in feinen Schichten rieselte er auf die an ihnen liegenden Schneewehen. Der Wind spielte in der toten Kälte, der Wind fegte und strich über das verlassene Land.

Als Morten die Hälfte des Weges zurückgelegt hatte, war er todmüde. Der Wind wurde nicht schwächer, er musste sich weiterhin gegen ihn stemmen, und die Pakete wurden schwer, vor allem die Zinkrolle. Morten trug sie eine Weile unter dem Arm, um sich auszuruhen, dann trug er sie mit beiden Armen vor sich her wie ein Wickelkind, schließlich lud er sie wieder auf seine schmerzenden Schultern. Doch es war im Grunde einerlei, wie er es anstellte, sämtliche Glieder taten ihm weh. Vornübergebeugt setzte Morten ein Bein vor das andere, der Wind blies ihm die Hose gegen seine knochendürren Beine. Er hatte das Gefühl, als sei einer der Holzschuhe unter der Ferse seltsam flach – hatte er etwa den Beschlag verloren? Morten blieb stehen und zog den Holzschuh aus, er stand auf einem Bein, der Fuß mit dem Strumpf hing in der Luft. Ja, er hatte das Absatzeisen verloren – das war übel, denn Holz nutzte sich auf der harten Straße schnell ab. Morten lud sich wieder die Pakete auf und stemmte sich erneut gegen den Wind. Er sog die Kälte durch seine heiße Nase auf und blinzelte mit den Augen, die furchtbar unter dem Wetter litten, obwohl er sie beinahe geschlossen hielt.

Wieder wechselte er die Zinkrolle, nun trug er sie zur Abwechslung auf der Hüfte. Er hatte noch eine Dreiviertelmeile vor sich, ein langes, kahles Stück Weg. In der Ferne waren zu beiden Seiten einzelne rote Lichter zu erkennen, überall feierte man jetzt Heiligabend.

Morten konnte sich nicht mehr warm halten, kalter Schweiß brach ihm aus, seine Füße waren an einigen Stellen wund und eiskalt. Er müsste sich beeilen, aber vielleicht war es ja ohnehin egal, es lief doch alles auf eines hinaus. Er schwankte weiter und trug die Zinkrolle wieder auf beiden Armen vor sich. Mitunter blieb Morten stehen, um zu verschnaufen. Er legte die Last nicht ab, denn es wäre zu beschwerlich gewesen, sie wieder aufzuheben.

Was für eine lange Nacht, was für eine ewige Wanderung gegen den beißenden Wind und den stummen Wind. Die Kälte fuhr ihm durch die Kleider und kroch auf die nackte Brust. Morten dachte ein paarmal daran, dass es ihm auch schon gut gegangen war und dass er im Warmen geschlafen hatte, das sollte ihm nicht mehr beschieden sein, er sollte nie wieder schlafen dürfen, obwohl er doch so schläfrig war, so schläfrig …

Der Schnee wehte wie weißes Leinen, das feine Gestöber rieselte auf die Straße, es sah aus, als würde er in weißen Streifen davonströmen.

Als Morten die Lichter des Dorfes erblickte, blieb er stehen und schwankte im Wind. Er dachte nach und hatte den Eindruck, nicht ganz bei sich gewesen zu sein. Ohne sich dessen bewusst zu sein, wäre er beinahe versunken und fortgeglitten … Die Leere hatte bereits ihre Arme um ihn gelegt und ihm ins Ohr geflüstert, wie schön und segensreich es wäre, sich auszuruhen …

Morten bekam Angst und schleppte sich unter Aufbietung seiner letzten Kräfte weiter. Schweiß brach ihm auf seinem klammen Körper aus.

Die letzte Viertelmeile lief Morten mit kleinen steifen Schritten, kaum dass er die Knie bewegte. Er ging vornübergebeugt und presste die Zinkrolle mit beiden Armen in den Schoß. Sein Keuchen war nicht zu überhören.

Ingvar Hansens Uhr zeigte nach elf, als jemand in die Diele trat und nach der Klinke tastete. Es war Morten. Die Hausbewohner waren noch wach und spielten um Pfeffernüsse.

Morten nahm die Pakete herunter und legte sie auf den Tisch. Schließlich stellte er die Zinkrolle dazu und hob den Kopf:

»Und dann war da noch die hier.«

»Die!«, sagte Ingvar Hansen. »Die ist nicht für mich.«

»Doch, natürlich«, entgegnete Morten, als hätte er die Hoffnung, dass Ingvar sie doch bestellt hatte. Verwundert sah er sich um.

»Nein, das ist offenbar ein Missverständnis, davon weiß ich nichts, da muss Kaufmann Møller sich geirrt haben.«

Morten blickte mit einem Gesichtsausdruck zu Boden, der sie alle zum Lachen brachte.

»Du hast einen harten Weg hinter dir«, sagte Ingvar. »Deine Ohren sind erfroren.«

Ja, Morten hatte gelbe Blasen an den Ohren.

Am Weihnachtstag blieb Morten vor Müdigkeit daheim im Bett. Sonst aber hatte er keinen Schaden genommen.

ANHANG

ANMERKUNGEN

OKTOBERNACHT

Erstdruck am 4. April 1897 in Illustreret Tidende

Seite 5: Braunschweiger Mumme: dunkles, schwach bis stark alkoholhaltiges Bier aus Braunschweig, 1492 von Christoph Mumme erstmals gebraut. Aufgrund der langen Haltbarkeit war Mumme ein wichtiger Exportartikel der Stadt.

Seite 6: … berief sich dabei auf die Heilige Schrift: Markus 9, Vers 14–29, »Die Heilung eines besessenen Knaben«.

Seite 9: Meile: altes Längenmaß. Die dänische Meile betrug 7,5 Kilometer.

DREIUNDDREISSIG JAHRE

Erstdruck am 26. September 1897 in Illustreret Tidende

Seite 13: Tagundnachtgleiche: die beiden Tage im Jahr, an denen Tag und Nacht gleich lang sind. Sie fallen auf den 19., 20. oder 21. März und den 22., 23. oder 24. September.

Seite 14: Elle: altes Längenmaß. Die dänische Elle betrug 0,63 Zentimeter.

Seite 15: Chintzkleid: bunt bedrucktes Baumwollkleid.

Seite 15: Pegelflasche: Schnapsflasche, die das alte Hohlmaß einen Pegel enthielt, ca. einen Viertelliter.

Seite 16: Hopser: Rundtanz im Dreivierteltakt mit Walzerschritten und einem Hüpfer von einem Fuß auf den anderen.

Seite 17: »Die rote Mütze«: Rundtanz, bei dem im Gesang gefragt wird, wer die rote Mütze genommen hat.

Seite 17: »Viereck«: Rundtanz, bei dem die sich die Paare wie bei einem Kontertanz gegenüberstehen.

Seite 18: Fahrtenmarsch: als Hochzeitsmusik gab es laut Johannes V. Jensen im Himmerland zwei Märsche, den Fahrtenmarsch und den Gehmarsch. Der Gehmarsch wurde gespielt, wenn die Braut aus einfachen Verhältnissen kam.

Seite 19: Flaus: dickes, flauschartiges Mischgewebe aus grobem Garn, das für einfache bäuerliche Oberbekleidung verwendet wurde.

Seite 22: Alkoven: Bettnische oder kleiner Nebenraum mit Schlafgelegenheit.

Seite 22: Tuberkel: gemeint sind Tuberkulose-Bazillen.

Seite 23: Bettband: Schnur oder Leine, die von der Decke hing und an der man sich im Bett hochziehen konnte, wenn man sich aufrichten wollte.

Seite 24: Christian VIII.: 1840 wurde Christian VIII. (1786–1848) zum dänischen König gekrönt.

Seite 30: schwedische Knechte: Ende des 19. Jahrhunderts arbeiteten viele Schweden als Landarbeiter in Dänemark.

CECIL

Erstdruck 1898 in »Himmerlandsfolk«

Seite 35: Vierundsechzigerkrieg: im Deutsch-Dänischen Krieg von 1864 wurde das Königreich Dänemark von Preußen und Österreich besiegt und verlor die Herzogtümer Schleswig, Holstein und Lauenburg.

Seite 36: Salling: dänische Halbinsel im Norden Jütlands.

Seite 36: Thy: Landschaft im Norden Jütlands.

Seite 36: Randers: Hafenstadt in Ostjütland.

Seite 37: Dragoner: berittener Soldat.

Seite 37: Ool reit: all right = in Ordnung.

Seite 39: Häusler: Kleinbauer mit eigenem Haus, aber nur geringem Grundbesitz.

Seite 41: Spritzleder: lederner Knie- und Beinschutz, der am Kutschbock befestigt ist.

Seite 43: Halbhof: kleiner Bauernhof, der im Gegensatz zu einem gewöhnlichen Vollhof nur die Hälfte der Steuern zu zahlen hatte.

Seite 45: Skive: Stadt in Mitteljütland am Skivefjord.

SONNTAGMORGEN

Erstdruck 1898 in »Himmerlandsfolk«

Seite 48: Kjeldby: fiktiver Ort.

Seite 51: Holztrense: zwei durchbohrte, senkrecht hängende Holzstücke, die über dem Maul eine Tieres mit einem Bügel oder einer Schnur verbunden sind.

Seite 54: Alsted: fiktiver Ort.

Seite 57: die Franzosen hatten sie ihm weggenommen: im Dänisch-Schwedischen Krieg 1808 befanden sich französische Truppen in Holstein.

Seite 58: Färse: geschlechtsreifes Rind bis zur ersten Kalbung.

Seite 58: die Preußen: preußische Truppen im ersten Deutsch-Dänischen Krieg 1848.

Seite 59: Vendsyssel: Landschaft nördlich des Limfjords und der Stadt Aalborg.

Seite 59: Ejdrup: Dorf im nördlichen Himmerland.

Seite 59: Tonne: altes Hohlmaß, ca. 139 Liter.

Seite 60: Vilsom: fiktiver Ort.

Seite 62: Jemdrup: fiktiver Ort.

DER JÄGER AUS LINDBY

Erstdruck am 4. Juli 1897 in Illustreret Tidende

Seite 63: Pan: in der griechisch-römischen Mythologie ist Pan der Gott des Waldes, der Natur und der Hirten, bekannt für seine Freude an Musik, Tanz und Wein.

Seite 63: Renan: Ernest Renan (1823–1892), französischer Schriftsteller, Religionshistoriker und Philosoph, hatte füllige, breite Gesichtszüge.

Seite 64: Ahasverus-Gestalten: Ahasverus oder der ewige Jude, Figur einer spätmittelalterlichen Legende: Ahasverus versagt Jesus auf dem Weg zur Kreuzigung die Rast an seinem Haus und wird verdammt, bis zum Jüngsten Gericht ruhelos über die Erde zu wandern.

Seite 65: Vier-Karten-Mis: altes Kartenspiel.

Seite 66: Gluckflasche: Glasflasche, die wie ein Stundenglas mit zusätzlichen äußeren Röhren geformt ist. Wegen des gluckernden Geräuschs beim Einschenken Gluckflasche genannt.

Seite 69: Pot: altes Hohlmaß, ca. ein Liter.

Seite 71: Kolk: kleine Vertiefung in einem Fluss oder Bach, auch Strudelloch genannt.

Seite 75: Hobro: Stadt am Mariagerfjord in Mitteljütland.

ELSES HOCHZEIT

Erstdruck 1898 in »Himmerlandsfolk«

Seite 80: Dreikönigskerzenleuchter: dreiarmiger Kerzenleuchter.

Seite 82: … rückte für jemand anderen als Soldat ein: Bis 1848 kamen Soldaten des dänischen Heeres ausschließlich aus dem Bauernstand. Die Verfassung von 1848 legte dann eine allgemeine Wehrpflicht fest. Es gab jedoch weiterhin die Möglichkeit, gegen Bezahlung einen Stellvertreter zu stellen, da nicht alle Wehrpflichtigen eingezogen wurden.

Seite 82: Reff: rechenartiger Anbau an der Sense für die Getreideernte. Es besteht aus einem Holzbügel und Sprossen, durch die bei jeder Schnittbewegung der Sense die Getreidehalme reihenförmig zusammengerafft werden.

Seite 82: Armschützer: Armschoner aus Leinen oder Leder, die u. a. bei der Kornernte über die Arme gestreift wurden, um Verletzungen und Stiche zu vermeiden.

IN DER DUNKELHEIT

Erstdruck am 2. Mai 1897 in Illustreret Tidende

Seite 85: Graabølle: fikiver Ort, der häufig in Johannes V. Jensens Werk vorkommt.

Seite 85: Lehmschlag: mit Ochsenblut, Eisenspänen und pflanzlichen Zusätzen vermischter Lehm zum Abdichten und Verputzen des Fachwerks.

Seite 87: Achsnagel: Eisenstift, Teil der Achse bei hölzernen Speichenrädern. Der Achsnagel wird quer durch die Achse vor das Rad gesteckt und verhindert das Abgleiten des Rads. Das Lager muss regelmäßig geschmiert werden, damit es nicht heiß läuft.

Seite 88: Schilfjoch: aus Schilfgras geflochtenes Joch.

Seite 89: Achtelelle: altes Längenmaß, ca. 8 Zentimeter.

Seite 92: Hobro: dänische Handelsstadt am Mariagerfjord

Seite 92: Isseho: gemeint ist Itzehoe im Südwesten Schleswig-Holsteins, die Stadt gehörte bis 1864 zum dänischen Königreich.

Seite 93: Skanderborg: Stadt in Ostjütland.

Erstdruck 1898 in »Himmerlandsfolk«

Seite 100: Werder: kleine Insel oder Erhebung in einem Fluss oder Feuchtgebiet.

Seite 102: Lispfund: altes Gewichtsmaß, 8 Kilogramm.

Seite 103: Krätzer: Werkzeug zum Reinigen des Gewehrrohrs, das auch zum Herausziehen der Ladung verwendet wurde.

Seite 103: »In Straßburg« …: »Strasborger-Visen«, das »Straßburger-Lied«, war im 19. Jahrhundert weit verbreitet. In einer dänischen Sammlung von volkstümlichen Erinnerungen und Sagen findet sich ein Flugblattdruck mit dreißig vierzeiligen Strophen.

Seite 106: Innere Mission: pietistische Erneuerungsbewegung der dänischen Staatskirche, die Ende des 19. Jahrhunderts großen Einfluss auf die Landbevölkerung Jütlands hatte.

DER AUSSIEDLERHOF

Erstdruck 1898 in »Himmerlandsfolk«

Seite 107: Queller: einjährige Salzwiesenpflanze (Salicornia), die im Wattboden der Meeresküste und an salzigen Stellen im Marschland vorkommt.

Seite 109: Hahnenbalken: oberster horizontaler Holzbalken an einem Fachwerkgiebel, der die Dachkonstruktion stabilisiert.

Seite 112: ohne Kopfbedeckung: der Brauch sollte freundliche Absichten signalisieren.

THOMAS VOM BRÜCKENHOF

Erstdruck am 30. Januar und 6. Februar 1898 in Illustreret Tidende

Seite 115: Lamm: Tanzpartner, der in der Johannisnacht (dänisch: Sankt-Hans-Abend, Sommersonnenwende am 23./24. Juni) in Himmerland einem jungen Mann oder einem Mädchen am Johannisfeuer zugeteilt wurde.

Seite 124: das Jahr der großen Dürre: 1868.

Seite 129: Tuberkel: kleine Höcker bzw. knotige Schwellungen auf der Körperoberfläche, verursacht durch Tuberkulosebazillen.

Seite 130: wie die Zyklopen: d. h. absolut unmäßig. Die Zyklopen waren der griechischen Mythologie zufolge einäugige Riesen. Der bekannteste Vertreter ist der gigantische Schafhirte Polyphem im 9. Gesang der »Odyssee«.

Seite 131: Delirium tremens: Alkoholwahnsinn, häufig verbunden mit Zittern und Halluzinationen.

Seite 131: Volstrup: fiktive Ortschaft.

EIN BEWOHNER DER ERDE

Erstdruck 1898 in »Himmerlandsfolk«

Seite 137: Linderup: fiktive Ortschaft.

Seite 137: Bjørnsholm: gemeint ist das 1158 von den Zisterziensern gegründete Kloster Vitskøl am Limfjord, südlich von Løgstør in Himmerland.

Seite 137: Landmandsbank: von 1871 bis 1910 die größte und solideste Bank Dänemarks.

Seite 139: Ingerslev: Christian Frederik Ingerslev (1803–1868), dänischer Schulrektor und Verfasser zahlreicher Schulbücher, u. a. für das Fach Geografie.

Seite 140: Firmament: Himmelswölbung, hier wohl eher die gesamte Schöpfung.

Seite 141: Klafter: altes Längenmaß, ca. 1,9 Meter.

Seite 143: Kjeldby: fiktive Ortschaft.

MORTENS HEILIGABEND

Erstdruck am 12. Dezember 1897 in Illustreret Tidende

Seite 146: Armschützer: Leinen- oder Lederschutz, der über die Arme gestreift wurde, um Verletzungen und Stiche zu vermeiden.

Seite 146: Æbleskiver: traditionelles dänisches Gebäck, eine Art kugelförmiger Krapfen.

Seite 148: Meile: altes Längenmaß. Die dänische Meile betrug 7,5 Kilometer.

Seite 148: Brustzucker: Malz- oder Kandiszucker, altes Hausmittel gegen Erkältungen.

Seite 149: Lispfund: altes Gewichtsmaß, 8 Kilogramm.

EDITORISCHE NOTIZ DES ÜBERSETZERS

Johannes V. Jensens gilt als einer der sprachmächtigsten dänischen Schriftsteller der Moderne. Bei ihm stimmten nicht nur, so der einflussreiche Kritiker und Literaturwissenschaftler Georg Brandes, »Stoff und Sprachton vollkommen überein« – eine besondere Herausforderung für den Übersetzer –, ihm stand auch ein ungemein reiches und im heutigen Dänisch zum Teil ungebräuchliches Vokabular zur Verfügung, nach dem man in aktuellen Dänisch-Deutschen Wörterbüchern vergeblich sucht. Abgesehen von besonderen landwirtschaftlichen Begriffen sind Verben wie beispielsweise »hvælle« (quieken) oder »hæfle« (nach etwas greifen, herausziehen) schlicht nicht mehr verzeichnet. Die Aufzählung ließe sich problemlos fortsetzen.

Darüber hinaus ist die Verwendung und Bedeutung einzelner Worte bei Johannes V. Jensen mitunter recht ungewöhnlich. Um ein zufälliges Beispiel herauszugreifen: Gleich in der ersten Geschichte »Oktobernacht« »fuhr der Wind durch das Stroh …« Im dänischen Original steht hier das Verb »svøbe«, das zunächst einmal »wickeln« oder »einwickeln« bedeutet. Erst durch einem Blick in das »Ordbog over det danske sprog« (ODS), das »Wörterbuch der dänischen Sprache«, erfährt man, dass »svøbe« von Jensen auch im Sinne von »hineinfegen«, »hineinfahren« oder »hindurchfahren« verwendet worden ist. Häufiger als bei manch anderem Text ist man als Übersetzer gezwungen, das ODS hinzuziehen, in dem man sich dann oft genug sehr lange durch einen Eintrag scrollen muss, um irgendwann einen Hinweis darauf zu finden, wie der Autor einen bestimmten Begriff in einer seiner Geschichten eingesetzt hat. Dennoch habe ich mich bemüht, diese Erzählungen nicht unnötig historisierend zu übertragen, sondern eine Sprache zu finden, in der die untergegangene Welt des Himmerlands heutigen Lesern hoffentlich erfahrbar wird.

Besonderen Dank schulde ich Det Danske Sprog- og Litteraturselskab (Dänische Gesellschaft für Sprache und Literatur), die mir freundlicherweise den Kommentar und den Anmerkungsapparat einer in Vorbereitung befindlichen, neuen dänischen Gesamtausgabe der »Himmerlandshistorier« vorab zur Verfügung gestellt hat – eine ungemein hilfreiche zusätzliche Unterstützung bei der Arbeit an diesen Texten.

In Dänemark erschienen die »Himmerlandsgeschichten« in insgesamt vier Bänden: 1898 »Himmerlandsfolk« (die vorliegende Ausgabe), 1904 »Nye Himmerlandshistorier« (Neue Himmerlandsgeschichten) und 1910 »Himmerlandshistorier. Tredie Samling« (Himmerlandsgeschichten. Dritte Sammlung). Ergänzt wurden sie 1926 durch die Erzählung »Jørgine«.

Erstaunlicherweise sind Jensens Geschichten niemals vollständig ins Deutsche übertragen worden. 1907 und 1936 erschienen zwei Erzählungsbände im Verlag S. Fischer, 1986 ein Band im ostdeutschen Hinstorff Verlag und 2005 ein Band in dem österreichischen Verlag für Literatur- und Sprachwissenschaft Edition Praesens – alle vier Bände enthalten jedoch jeweils nur eine Auswahl aus dem Gesamtkomplex der »Himmerlandsgeschichten«. Mit »Himmerlandsvolk« liegt nun der erste Band einer neuen und vollständigen Übertragung in der originalen Reihenfolge von Johannes V. Jensens Erzählungen vor, die beiden weiteren Bände sollen in den nächsten Jahren folgen.

Ulrich Sonnenberg

DAS LEUCHTENDE GROSSE AUGE DES KLEINEN DÄNEMARK

Kurt Tucholsky besuchte Johannes V. Jensen an einem Junitag 1927 in Kopenhagen, als der damals vierundfünfzigjährige dänische Schriftsteller mit einem umfangreichen und vielfältigen Lebenswerk längst als anerkannter internationaler Autor etabliert war.

»Das kleine Dänemark hat ein großes Auge, mit dem es die Welt sieht – und dieses Auge ist der, der hier oben mit einer Abkürzung ›Johannes V.‹ genannt wird. Darf man Guten Tag sagen?«

Tucholsky durfte, und er führte mit Johannes V. Jensen ein weitläufiges Gespräch – es reichte von Goethe bis Kipling, von den Ölquellen in Baku über China bis nach Palästina und Berlin. Nein, Johannes V. Jensen war alles andere als der Prototyp des provinziellen dänischen Schriftstellers, dessen Grenzen identisch waren mit dem kleinen Land, in dem er lebte.

Geboren wurde Johannes Vilhelm Jensen 1873 als Sohn eines Tierarztes in dem jütländischen Dorf Farsø, südlich des Limfjords, in Himmerland. Als er 1950 im Alter von siebenundsiebzig Jahren starb, galt er nicht nur als Dänemarks unbestritten größter Schriftsteller seiner Zeit, sondern war zudem mit dem Literaturnobelpreis ausgezeichnet worden. Er war ein unzugänglicher und schwieriger Mensch, man stieß sich blutig an ihm, und doch hatte er von sämtlichen zeitgenössischen Autoren die größte Anziehungskraft. Alle mussten sich in einer Art von Selbstversuch an ihm reiben und sich mit seinem Werk beschäftigen, mal abgestoßen, mal inspiriert. Johannes V. Jensen wurde zu einem Spiegel für die Dänen, ohne selbst jemals nationalistisch gewesen zu sein. Er sah seine Landsleute sowohl von außen als auch von innen, und sein Werk hat eben diese Spannweite – von den »Himmerlandsgeschichten«, die Heimatliteratur der intimsten Art zu sein scheinen, bis hin zu Schilderungen der entferntesten Erdteile, die man unter der Genrebezeichnung »Mythen« subsumierte und die ihn zu dem dänischen Schriftsteller werden ließen, der in seinem Leben die weitesten Reisen unternommen hatte.

Obwohl sie nur fünf, sechs Stunden dauerte, fand die längste Reise meines eigenen Lebens noch vor meinem neunten Geburtstag statt. Sie begann auf einer kleinen Insel in der Ostsee und endete im nördlichen Teil der jütländischen Halbinsel. Ich reiste mit Fähren, über Brücken und mit dem Zug. Irgendwo unterwegs fuhr ich durch Johannes V. Jensens Land. Auf der Landkarte hieß es Himmerland, aber ich wusste damals weder von der Existenz des Autors noch etwas über die jütländische Geografie. Die Endstation war Aalborg, die Industrie- und Hafenstadt am Limfjord. Hier endet das Himmerland. Und hier endete meine lange Reise. Hier beginnt die moderne Zeit, hier sollte ich wohnen.

Ich wusste es nicht, aber unterwegs war Johannes V. Jensen mein Reisebegleiter gewesen, so wie er der Reisebegleiter für das gesamte 20. Jahrhundert und die Milliarden von Menschen wurde, die sich zu Fuß, mit dem Bus, dem Zug, dem Schiff oder dem Flugzeug bewegten und dieses Jahrhundert zum ersten Jahrhundert in der Geschichte der Menschheit werden ließen, in dem der Großteil der Bevölkerung nicht mehr länger auf dem Land wohnte, sondern in den Städten. Ihre lange Reise war Johannes V. Jensens Reise, und es war meine Reise – von kleinen, behüteten, überschaubaren und fest verwurzelten Gemeinschaften in das Durcheinander der Moderne, in dem sich auch das Selbstverständnis neu formen musste und ständig Gefahr lief, sich zu verirren.

Noch bevor meine Kindheit und Jugend endete und ich Aalborg wieder verließ, um in eine noch größere Stadt zu ziehen, die Hauptstadt des Landes, denn auch mich hatte das Reisefieber der modernen Zeit gepackt, hatte ich große Teile des Werks von Johannes V. Jensen verschlungen. Meine Eltern hatten ein Haus in Aalborgs neu errichtetem Reihenhausviertel gekauft, am Rand der Äcker und Felder, die alle dänischen Städte umgeben. Auch dieses Viertel war ein Spiegelbild eines Dänemarks im Aufbruch, es wurde bevölkert von Werft- und Fabrikarbeitern, einige kamen aus den Vororten Aalborgs, andere hatten erst kürzlich die Landwirtschaft aufgegeben. Noch sprachen sie in verschiedenen jütländischen Dialekten, die allerdings sehr bald schon vom Lärm der Zement- und Eternitfabriken Aalborgs übertönt wurden.

Jeden Nachmittag nach der Schule wanderte ich zwischen zwei Zeitaltern – mit dem Reihenhausviertel im Rücken ging es an einer Schutzhecke aus Pappeln über die Felder einen Hügel hinauf, auf dem eine weiß gekalkte Kirche aus dem 12. Jahrhundert stand. Nicht die Kirche interessierte mich, sondern ein Grabstein aus unbehandeltem Granit, verziert mit einem primitiven Relief, das ein groteskes Wesen zeigte, offensichtlich halb Mensch, halb Tier, das sich mit einem schweren, hängenden Kopf und einem buckligen Rücken auf vier Beinen vorwärtsbewegte. Die massiven Vorderbeine waren länger als die Hinterbeine, und bei näherer Betrachtung stellten sie sich als zwei Arme heraus, die sich auf kurze Stöcke stützten.

Ich wusste, wer unter diesem Stein begraben lag. Donnerkalb wurde das Wesen genannt, eine Figur aus Johannes V. Jensens »Himmerlandsgeschichten«. Donnerkalb ist ein Krämer auf einer ewigen Wanderung von Hof zu Hof, missgestaltet und stark zugleich trägt er seine Waren in einem Sack auf dem Rücken; ein Gast, der mit Erschrecken und Faszination empfangen wird, ein dämonischer Verführer, der die Zuhörer mit seinen Geschichten in Bann zu schlagen weiß und in unbeachteten Augenblicken eine unerklärliche Macht über die Frauen entwickelt. Hier lag er, und in den »Himmerlandsgeschichten« wandert er ewig weiter, als Zeuge für die tiefe Verbundenheit des Autors mit der dänischen Landschaft.

Ich fühlte mich in Aalborg nicht wohl, ich hasste diese Stadt und empfand auch keine Befreiung beim Anblick der Felder, sondern wurde stattdessen überwältigt von dieser ungeheuren, unduldsamen Langeweile, dem unvermeidlichen Resultat der Ungeduld, wenn das Ende der Kindheit und Jugend in Sicht ist. Wenn ich Johannes V. Jensen las, wurde ich jedes Mal erlöst. Dies war der große Atemzug, bei dem ich das Gefühl hatte, er könnte mich aufnehmen, dies war der schwindelerregende Blick in die Seele, der schwindelerregende Blick hinauf zu den dahinziehenden Wolken. Nein, dann war die Welt nicht länger beklemmend klein.

Die lange Reise, auf die wir alle gehen müssen, ist die Reise des Lebens, doch mit seinem von 1908 bis 1922 erschienenen sechsbändigen Romanwerk mit genau diesem Titel – »Die lange Reise« – zeigte Johannes V. Jensen auch noch etwas anderes. Er beschreibt die Reise durch die Geschichte, von den ersten Menschen, die vom Eis durch die nordeuropäische Landschaft getrieben werden, bis hin zu Christoph Kolumbus' Entdeckung von Amerika, ein ungeheuer ambitionierter und geradezu unersättlicher Roman. Ich las das Buch an heißen Sommertagen im Freien, während die Sonne auf der Haut brannte und mir eine Farbe gab, als gehörte ich unter einen anderen, größeren Himmel – für mich gerade in diesen Jahren ein wichtiger Einschnitt.

Unersättlichkeit ist ein Schlüsselbegriff. Johannes V. Jensen war unersättlich, nach Anblicken, Welten, Wissen, Eindrücken und Worten. Mehrere abgebrochene Weltreisen lagen hinter ihm, die Weltausstellung in Paris, Amerika, China und der Kolonialismus Südostasiens – er verschlang alles, und in einem Ringen mit der Großstadt, den Kolonien und der Bürde des weißen Mannes taucht alles wieder auf. Jahre später, als ich auf eigenen Reisen Pfade betrat, die nicht weit von seinen entfernt waren, erinnerte ich mich auf Java plötzlich seiner Beschreibung der Physiognomie der Indonesier oder hörte, wie er es einst getan hatte, den Vögeln zu, denen man in Pekings Tempeln Bambusflöten an die Füßen gebundenen hat.

Meine eigene Reise führte mich zum Literaturstudium an die Kopenhagener Universität, wo akademische Mitarbeiter, die nur wenige Jahre älter waren als ich, versuchten, mich mit ihrem neu entdecken Marxismus zu indoktrinieren. Etwas stand unerschütterlich fest in ihren Studien über Johannes V. Jensen: Der Mann war Rassist. Das war er zweifellos. »Die lange Reise« ist eine Huldigung an den Nordländer, den Arier, den robusten, unerschütterlichen

Menschen, von dem sämtlicher Fortschritt und jedwede Entwicklung ausgeht. Und doch endete Johannes V. Jensen nicht wie Knut Hamsun in den Fängen des Nationalsozialismus. Er hatte sich in den britischen Kolonialismus verliebt. Die Großstadt, nicht Blut und Boden, ist die Heimat des zivilisierten Menschen, so lautete sein Credo. Und es gibt noch ein weiteres Bild, das zu seinen Vorlieben gehörte, metaphorisch und in der Wirklichkeit: der Bastard. Er war der Meinung, dass Wesen ohne Stammbaum, die nicht mit zahllosen Verästelungen ihre Herkunft nachweisen können, sondern das Resultat einer zufälligen Begegnung an einem Kreuzweg sind, die lebenstüchtigsten Menschen seien. Von ihnen käme die Erneuerung. So sah er auch auf Nationen. Die Juden waren laut Johannes V. Jensen ein Segen für Deutschland. »Der Grund für die hohe, moderne, einschneidende und effektive Entwicklung in Deutschland ist in der zum Teil erzwungenen Symbiose zwischen zwei oder mehr als zwei wesensverschiedenen Rassen zu suchen (…). Die Zivilisation unserer Zeit bezieht ihre Nahrung aus diesem Gegensatz und würde darunter leiden, wenn es aufhörte«, schrieb er in seinem Buch »Unser Zeitalter« aus dem Jahr 1915, in dem er die Juden auch als »den vornehmsten Versuch der Natur, mehrere Rassen zu vermischen und daraus ein Volk zu formen«, lobt. Politisch war er eher wankelmütig in seinen Sympathien, und doch endete es damit, dass er sich zur Sozialdemokratie bekannte, ohne allerdings Parteimitglied zu werden. Von seinem Temperament her blieb Johannes V. Jensen ein Parteiloser, für den die eigene Unabhängigkeit das Wichtigste war.

Als der »Wilde Mann im dänischen Wappen« bezeichnete sich Johannes V. Jensen in einem seiner Gedichte aus dem

Jahr 1904 – und diese Aussage war nicht unbedingt als Scherz gemeint. »Ich will, dass die Stärksten und Gesündesten das Reich lenken.«

Obwohl klein von Statur, liebte Johannes V. Jensen es, sich als starker Mann zu präsentieren, am liebsten auf dem maskulinsten Symbol der vorpreschenden Moderne, dem Motorrad. »Söhne der Geschlagenen« nannte er seine eigene Generation, »die betrogene, glücklose Generation«. Mit dem Begriff Geschlagene verwies er auf die Generation der Väter, die es nie geschafft hatten, sich aus dem Schlagschatten der traumatisierenden Niederlage von 1864 zu befreien, als Bismarcks Preußen in der Schlacht von Düppel das dänische Heer besiegte und Dänemark ein Drittel seines Territoriums einbüßte. Mangelnde Tatkraft, Melancholie und Pessimismus kennzeichnete die Väter.

Johannes V. Jensen selbst sah sich als einen Vertreter des Aufruhrs, der zusammen mit einigen Gleichaltrigen, die der Literaturwissenschaftler Sven Møller Kristensen später als die »Große Generation« bezeichnete, in die Literatur eintrat – es waren Schriftsteller, die alle vom Land kamen. Tief verwurzelt im Volkstümlichen bezogen sie aggressiv Stellung gegen das literarische Leben der Hauptstadt, das sie für abgelebt und überholt hielten, ein Standpunkt, der im Übrigen von Georg Brandes unterstützt wurde, dem bekanntesten Fürsprecher der Moderne in Dänemark. Brandes schrieb ironisch von »dem nationalen Wesenszug unserer Literatur, dass der Held durchgehend Verse schreibt und ein mehr oder weniger unglücklicher Lyriker ist«.

Die Schriftsteller des volkstümlichen Durchbruchs schätzten im Gegensatz dazu »Kraftfiguren«, wie sie Sven

Møller Kristensen bezeichnet hat, Personen von großer physischer Stärke, die gekennzeichnet sind von Unnachgiebigkeit und Eigensinn, häufig auch von Einseitigkeit und bisweilen sogar von Härte und Brutalität. Es ist »eine Kraft, die sich unter schweren Lebensbedingungen entwickelt und sich nicht durch Reflexion und Selbstbespiegelung untergraben lässt.« Und in diesem Punkt erinnern die Autoren durchaus an ihre Figuren, nicht zuletzt Johannes V. Jensen, bei dem die Verehrung der Kraft mit der Huldigung des Industrialismus an die Maschine und der brutalen Eroberung von immer neuen Kontinenten durch den Kolonialismus verschmolz. Die Niederlage von 1864 war nicht mehr länger ein Trauma, sondern nur noch Geschichte.

Autoren wie Jeppe Aakjær und Johan Skjoldborg, die in ihrem literarischen Ausgangspunkt mit Johannes V. Jensen verwandt waren, entwickelten eine eher leise soziale Empörung zugunsten der Armen und Besitzlosen. Martin Andersen Nexø wuchs schon bald über die ländliche Welt hinaus und wurde zur Ikone der kommunistischen Bewegung, von Lenin gelobt und im Alter in der DDR zu einem lebenden Monument erhoben. Johannes V. Jensen ging seine eigenen streitbaren Wege bis zum Nobelpreis für Literatur, den er 1944 entgegennahm – und der Begriff Wege im Plural ist dabei tatsächlich wörtlich zu nehmen.

Zunächst zollte er der anämischen Literatur der 1890er-Jahre mit zwei Romanen, »Danskere« (»Die Dänen«) und »Einar Elkær«, Tribut, beides Bücher über krankhaft zweifelnde, um sich selbst kreisende Studenten, Romane, die er später mit gewohnt großer Geste verwarf. Im Alter von erst fünfundzwanzig Jahren veröffentlichte er 1898 den ersten Band der »Himmerlandsgeschichten« unter dem Titel »Himmerlandsfolk«. Die Faszination für seine Heimat und ihre Menschen begleitete ihn sein Leben lang – die letzte Geschichte aus dem Himmerland stammt aus dem Jahr 1940. 1901 veröffentlichte er den Roman »Des Königs Fall«, der trotz seiner nihilistischen Düsterkeit bis heute zu den Lieblingsromanen der Dänen zählt, seit mehr als einem Jahrhundert immer wieder nachgedruckt, in einer Gesamtauflage von inzwischen weit über einer Viertelmillion Exemplare. Danach revolutionierte er die dänische Lyrik mit der Sammlung »Digte (1906)« (»Gedichte. 1906«). Jede neue literarische Gattung wurde mit souveräner Sicherheit bedient, als wäre er gerade dafür und für nichts anderes geschaffen. Und schon widmete sich Johannes V. Jensen dem nächsten Genre. Seine kraftvoll robuste, erfindungsreiche und gleichzeitig lyrisch empfindsame Sprache wurde zu seinem Kennzeichen, egal, für welche literarische Form er sich entschied – und darüber hinaus veröffentlichte er ungewöhnlich schlagkräftige Zeitungspolemiken, die Karikaturisten dazu anregten, seine Gegner als unter die Räder gekommene Verkehrsopfer zu zeichnen.

Heimat ist ein Wort, das durch den Nationalsozialismus im Deutschen einen düsteren Klang bekommen hat. Im Dänischen ist das genaue Gegenteil der Fall. Heimat ist ein Wort, das Harmlosigkeit ausstrahlt. Mit der Zeit sind immer mehr ähnliche Begriffe dazugekommen: Unschuld, Nostalgie, Wurzeln, retrospektive Romantik. Auch in der Literaturgeschichte wurden einige Schriftsteller der Großen Generation unter dem Begriff Heimatautoren versammelt, doch diese Interpretation ist falsch. In dieser Literatur gibt es keine Idylle. Im Gegenteil, hier wird das bäuerliche Leben zu einer unangenehmen Nahaufnahme: brutal, zermürbend, unterdrückend. Nur in der Schilderung des hin und wieder aufblitzenden bäuerlichen Naturgefühls ist eine positive Welt zu erleben, doch sie bekommt dann einen beinahe utopischen Charakter. Nur selten hebt der Bauer den Kopf und bekommt eine Vorstellung von Größe in seinem Leben. Meist ist er einem Maulwurf gleich eingeschlossen ins Dunkel einer primitiven Instinktwelt, und selbst wenn das Licht sich zeigt, hat er nicht die Augen, es zu sehen.

Sind Johannes V. Jensens »Himmerlandsgeschichten« Heimatliteratur? Nur wenn Heimatliteratur von Kosmopoliten ohne jeden Funken Nostalgie geschrieben werden kann. Der Begriff selbst ergibt ja nur einen Sinn, wenn der Verlust der Heimat, die Wurzellosigkeit bereits die neuen Lebensumstände sind. Die Voraussetzung für Heimatliteratur ist immer Aufbruch. Johannes V. Jensen war der Sohn eines Tierarztes, er hat die Welt der Bauern wie kein anderer in der dänischen Literatur gesehen und genau beobachtet, er selbst stand indes außerhalb dieser Welt. Er suchte größere Themen als die bloße Verbundenheit mit der Erde und dem Familienverband. Bei ihm finden sich Duldsamkeit, Demütigung und gebückte Rücken. Und es gibt das Gegenteil: einen Lebenshunger, der keine Grenzen kennt, der aber in der bäuerlichen Beschränktheit nicht akzeptiert wird und daher in sein Gegenteil umschlägt, in Bosheit und Selbstzerstörung. Johannes V. Jensen ist nicht derjenige, der den Verlust der Vergangenheit beweint. Aber er ist auch kein Fortschrittsgläubiger, der die Menschen der Scholle verdammt. Er beschäftigt sich intensiv mit ihnen, er ist von ihnen fasziniert, gleichzeitig ist er aber auch nüchtern konstatierend.

Man muss nur die erste Erzählung in »Himmerlandsvolk« lesen, die zu einer nicht näher definierten Zeit spielt, als es noch Landsknechte gab – im Dunkel vergangener Jahrhunderte und in der Dunkelheit der titelgebenden »Oktobernacht«. Ein sterbendes junges Mädchen liegt in ihrem Bett, ihre ganze Welt besteht aus den Kadenzen des Windes und dem wenigen, das sie durch eine Fensterscheibe erkennen kann. Ein junger Landsknecht sieht einen Moment von draußen durchs Fenster in ihr Zimmer, ein Anblick, der sie noch viele Stunden später beschäftigen wird. Der junge Landsknecht zieht gedankenlos seinem eigenen Tod entgegen, nur wenig später fällt er in einem wilden Kampf durch das Schwert eines Kameraden, als er zu spät dem feindlichen Stoß ausweicht. Als Letztes erfüllt ihn ein großes Erstaunen, als wäre der Tod für diesen Handwerker des Todes ein unmöglicher Gedanke. Der Sinn des Lebens sickert mit seinem Blut aus ihm heraus, und in der Erzählung selbst bleibt nichts zurück als das Rauschen des Windes, ein Zeugnis für die Vergänglichkeit allen Lebens.

Johannes V. Jensen schildert in den »Himmerlandsgeschichten« eine Welt, die für immer verschwunden ist, eine uralte, zeitlose Welt, in der die Jahrhunderte scheinbar unbemerkt dahingehen, und doch muss sogar die Zeitlosigkeit ein Ende haben, wenn es um den Menschen geht, zu dessen Grundvoraussetzungen ja die Unbeständigkeit und die Wechselhaftigkeit aller Dinge gehören.

Ja, den Rahmen der »Himmerlandsgeschichten« bildet eine bestimmte Region Dänemarks, doch ihre eigentlichen Themen sind nicht regional oder lokal, sondern universell: der Tod und die Jugend. Die Jugend, diese entscheidende Phase, in der das Leben in einer Gesellschaft im Stillstand ein für alle Mal geformt wird. Der Rest ist eine Nachschrift im Zeichen von Verzweiflung und Resignation. Der Tod kommt wie ein Urteil in einer Welt, in der alle philisterhaft genau das Leben der anderen verfolgen, und das Leben selbst am Ende vertan und verschwendet erscheint, und nur ganz selten einmal ein wenig Sinn ergibt – meist ist jedoch eher Ersteres der Fall. Die Rolle der Frau ist Resignation, die des Mannes Verzweiflung. Hass und Neid ist ein weit häufiger auftretendes Gefühl als Hilfsbereitschaft. Das Glück ist hier nie zu Hause und selbst als Gast eher selten – ihm wird öfter die Tür gewiesen, als es eingeladen wird. Von stiller Geduld oder introvertiertem Brüten wird in diesen Geschichten allerdings auch nicht erzählt, eher sind sie voller Lärm und kraftvoller Männer, die aus Eifersucht und Zorn über vergeudete Lebensmöglichkeiten oder einfach nur aus gekränkter Eitelkeit ihr Pferdegespann zuschanden fahren oder ganze Wirtshäuser verwüsten. Es ist die gleiche Sippe aus dem Himmerland, die Johannes V. Jensen in »Die lange Reise« zu Weltenschöpfern und Welteroberern werden lässt, zur Antriebskraft jeglicher Zivilisation. Regionaler sind die »Himmerlandsgeschichten« auch nicht.

Kurt Tucholsky beendete seinen Besuch bei »Johannes V.« mit den Worten »– leb wohl, Reisender, Columbus, leuchtendes großes Auge im kleinen Dänemark.« Ja, Johannes V. Jensen war ein Entdeckungsreisender in den prinzipiell nicht zu beantwortenden Fragen der Welt und des Lebens, und solch ein Schriftsteller wird zum Reisebegleiter und Lebensgefährten, wie er es für mich geworden ist.

Carsten Jensen, Kopenhagen im April 2017

BIOGRAFIEN

Johannes V. Jensen (1873–1950) wurde im Dorf Farsø im jütländischen Himmerland geboren. Er stammte aus einer alteingesessenen himmerländischen Weberfamilie und hatte zehn Geschwister. Schon als Junge verfiel er dem Lesen und den Büchern, weshalb ihn der Vater Latein lernen ließ und ihn aufs Gymnasium nach Viborg schickte. Zum Medizinstudium ging Johannes V. Jensen nach Kopenhagen, er brach es jedoch ab und schrieb Abenteuer- und Unterhaltungsromane für Illustrierte. Die wichtigsten und einflussreichsten Autoren waren für seine Lyrik Walt Whitman sowie für die Prosa Goethe und Rudyard Kipling. 1898 veröffentlichte Jensen unter dem Titel »Himmerlandsvolk« einen Erzählungsband, den er später als sein Erstlingswerk bezeichnete. Mit ihm gelang ihm der Durchbruch als Schriftsteller. Johannes V. Jensen schuf ein umfangreiches und auch sehr abwechslungsreiches Werk, besonders wichtig sind der historische Roman »Des Königs Fall« (1900), der kürzlich in einer Umfrage zum größten dänischen Roman des 20. Jahrhunderts gewählt wurde, und das sechsbändige Werk »Die lange Reise« (1908–1922) über die Frühgeschichte der Menschheit. Von den Geschichten aus Himmerland veröffentlichte Jensen im Abstand von jeweils sechs Jahren noch zwei weitere Bände, 1904 »Neue Himmerlandsgeschichten« und 1910 »Himmerlandsgeschichten, dritter Teil«. Jensen, der 1944 als Krönung seines Werks mit dem Literaturnobelpreis ausgezeichnet wurde, starb 1950.

Ulrich Sonnenberg, geboren 1955, absolvierte nach seinem Abitur eine Buchhändlerlehre in Hannover. Nach einigen Jahren in Kopenhagen gründete er 1986 zusammen mit Klaus Schöffling die FVA-Frankfurter Verlagsanstalt und leitete von 1993 bis 2003 den Vertrieb des Suhrkamp Verlags. Seit 2004 lebt er als Übersetzer und Herausgeber in Frankfurt am Main. Er übersetzt aus dem Dänischen und Norwegischen, u. a. Hans Christian Andersen, Herman Bang, Anna Grue, Carsten Jensen und Karl Ove Knausgård. 2013 erhielt er gemeinsam mit Peter Urban-Halle den Dänischen Übersetzerpreis.

Carsten Jensen, geboren 1952, wuchs in Marstal auf der dänischen Insel Ærø auf. Er studierte in Kopenhagen Literaturwissenschaft und arbeitet seither als Journalist, Kritiker und Schriftsteller. Er gilt als einer der profiliertesten Essayisten Dänemarks. Sein mittlerweile vielfach ausgezeichnetes literarisches Schaffen begann er Mitte der Neunzigerjahre. Mit »Wir Ertrunkenen«, seinem dritten Roman, gelang ihm ein internationaler Bestseller, in diesem Jahr erschien sein Roman »Der erste Stein« in der Übersetzung von Ulrich Sonnenberg.

JOHANNES V. JENSEN (1873–1950)

INHALT

Titel der Originalausgabe:
Himmerlandsfolk
(Kopenhagen 1898)

Der Verlag bedankt sich für
die großzügige Unterstützung durch die

DANISH ARTS FOUNDATION

Ulrich Sonnenberg dankt dem Deutschen Übersetzerfonds
für die großzügige Unterstützung seiner Arbeit an der
vorliegenden Übersetzung

Zweite Auflage Berlin 2023

Guggolz Verlag
Gustav-Müller-Straße 46, 10829 Berlin
verlag@guggolz-verlag.de
Alle Rechte vorbehalten
Korrektorat: Kristina Wengorz
Druck & Bindung: Friedrich Pustet, Regensburg
Umschlag: Mirko Merkel und Daniel Wagner,
ISBN 978-3-945370-12-4

www.guggolz-verlag.de